AF416869

FEROCI PULSIONI

Bilkis Saba

Koi Press

Bilkis Saba
Feroci Pulsioni

© Koi Press
Koi Press è un marchio editoriale di Openmind Srls
Via Volta 72, 20013 - Magenta (MI)
www.koipress.it

ISBN 978-8898313952
Progetto grafico: Koi Press
Immagine in copertina:
Sonja Lekovic "Ginger hair in turquoise water"

A mia madre Sumaira, per il coraggio,
a Leonard, che naviga ai limiti dell'impossibile.

Can you help me
Occupy my brain?

BLACK SABBATH

FEROCI PULSIONI

1
Curtis

Curtis è immobile alla fermata del bus. Aspetta il 333.

– Tre... tre... tre... – ripete il numero più volte, lentamente, sottovoce. – Tre… tre… tre...

Nessuno gli dà retta. Né la donna con il tailleur color antracite, né il ragazzo in t-shirt bianca che sorseggia una Murphy's in lattina, nemmeno il gruppetto di studenti impegnati ad ascoltare una canzone rap le cui note escono da un piccolo altoparlante attaccato allo smartphone di uno di loro.

Curtis abbassa lo sguardo. Una crepa sul marciapiede attira la sua attenzione. Si estende fin sotto la banchina della fermata. Prosegue, diramandosi, in direzione della strada, dove assume le sembianze di un tessuto nervoso di un piccolo animale grigio.

Passa un autobus.

Si ferma.

59: non è il suo.

Curtis osserva gli studenti salire sul veicolo. Poi si ricorda della cartellina di cartone rosa pallido che tiene in mano. La apre con cautela. Contiene dei fogli fotocopiati. Delle firme. Delle parole. Centinaia di parole. Sul primo foglio, bianco, è stata vergata, con un pennarello nero, la scritta in stampatello: "Coraggio Curtis". Sotto c'è un nome: "Matthew", anch'esso redatto con lo stesso pennarello nero.

Curtis esamina il foglio. Lo studia.

Forse dovrebbe mettere la cartellina dentro la borsa sportiva che porta a tracolla, per non rovinarla. Il cielo del mattino è bianco, non c'è traccia di nuvole, non dovrebbe piovere, ma potrebbe capitare ugualmente qualcosa di irreparabile: cadergli dalle mani, strisciarsi inavvertitamente contro una superficie sporca, strapparsi nella calca di corpi sull'autobus. Curtis non vuole fare brutta figura. Non oggi. Si stringe al petto la cartellina. Si sposta di qualche metro dalle altre persone in attesa. La riapre facendo attenzione che i fogli non volino via. Ne estrae uno dove sono riportate, punto su punto, delle istruzioni scritte in modo semplice e preciso. Le rilegge, lentamente. Sforzandosi di imprimersi in testa ogni disposizione.

Passa un autobus.

Si ferma.

333: sale.

Prende dalla tasca dei jeans la tessera magnetica che gli hanno dato. Con essa tocca il lettore giallo di fianco alla cabina dell'autista. Curtis non lo guarda in faccia, ha paura di fare qualcosa di sbagliato. Un lieve suono acuto in concomitanza con una luce verde che si accende sul display gli fanno capire che è andato tutto bene. Impacciato, avanza nel ventre del bus. Tutti i posti a sedere sono occupati. Potrebbe salire le scale, ma deve stare attento alla fermata alla quale dovrà scendere. Otto. Otto fermate. Così è scritto nelle istruzioni. Bisogna rimanere vigili. Con la mano sinistra si aggrappa a un palo metallico di sostegno, la destra stringe la cartellina rosa al petto. Attende.

Il paesaggio fuori dal bus scorre lento. Ci sono uomini e donne che camminano. Ci sono insegne di lavanderie, di pub, di market, di ristoranti portoghesi. Curtis cerca di non concentrarsi su di essi, potrebbe perdersi nell'ombra scura del pollo stilizzato del cartello di Gus's Fried Chicken, nei colori accesi degli ideogrammi cinesi di una sala massaggi. Deve contare le fermate. Otto. Otto fermate.

Il bus rallenta e si ferma dolcemente.

Si aprono le porte e qualcuno scende. Qualcuno sale.

Si richiudono le porte e il bus riparte.

Curtis ogni volta tiene il conto.

Dopo la settima volta che le porte si richiudono sospira. Senza nemmeno rendersene conto, cerca il pulsante più vicino e una volta individuato lo preme con delicatezza, quasi avesse paura di far deragliare il veicolo con quel semplice gesto.

Passa un tempo infinito, ma alla fine di nuovo le porte si aprono.

Un forte odore di smog mixato all'aroma nutriente del pane caldo penetra nell'abitacolo. Curtis gli si fa incontro. Scende e si ritrova su un marciapiede uguale a milioni di altri marciapiedi.

Davanti a lui c'è un panificio: Greggs.

Apre la cartellina e rilegge le istruzioni. Il nome del locale è segnato sul foglio. La fermata dove è sceso è quella giusta. Ora deve voltarsi a destra e proseguire per almeno cinquanta metri. Lì troverà il numero civico 32.

Cammina guardando le facciate delle case. Abitazioni anonime a due piani. Una finestra con le tendine di pizzo attira la sua attenzione. Sembra un campo di neve bucato da occhi neri. Si immagina un'ombra, dall'altra parte, che scruta la sua cartellina rosa attraverso le minuscole cavità scure. Curtis si stropiccia gli occhi con un dito. Prosegue.

C'è un semaforo fermo sul rosso. Si mette in fila dietro a un gruppetto di persone. Vede sfilare delle macchine dalla strada laterale. Quando scatta il verde attraversa con circospezione guardando attentamente prima a destra e poi a sinistra.

Prosegue. Ancora case a due piani.

28. 30. 32.

È un imponente e massiccio palazzo con la facciata in mattoni pieni, rossicci. Il portone in legno massello è largo e alto. Curtis si sente minuscolo.

Il portone è aperto e lui entra.

Sulla sinistra c'è un gabbiotto di vetro dietro il quale un uomo, rasato e con la pelle del viso che è una mappa di capillari rotti, sta sorseggiando un tè dentro una tazza di plastica decorata con un cannone e la scritta "Arsenal" mentre legge il Racing Post.

Lui e Curtis si guardano.

Curtis non saprebbe dire per quanto tempo continua a fissare la faccia dell'uomo. Quei sottili fili rossi e viola che disegnano strani circuiti cutanei sulle sue guance e sul suo naso sono affascinanti.

- Posso fare qualcosa per te? - La voce del portinaio è roca, sgradevole. Per nulla amichevole.

Curtis apre con discrezione la cartellina e gli mostra un foglio attraverso il vetro.

- Sì... certo... lo immaginavo. - L'uomo controlla su quella che sembrerebbe una lista di nomi impressi con calligrafia nervosa su un pezzo di carta. Alza la cornetta di un telefono di plastica bianca riposto sul banco davanti a lui. Compone un numero. Attende qualche secondo e poi pronuncia poche parole che Curtis non comprende, intento a osservare la bocca del portinaio muoversi vicino alla cornetta. Un orecchio a cui sussurrare segreti. Espiazioni.

L'uomo si volta verso di lui:

- Aspetta qui. - Così dicendo torna alla sua tazza di tè e alle notizie di ippica riportate dal giornale.

Curtis stringe la cartelletta rosa e obbedisce.

Nell'androne c'è odore di cavolo bollito e di olio per macchine.

Nell'androne c'è silenzio.

Un tipo alto e robusto, la faccia larga, pastosa, sui cinquant'anni, compare improvvisamente dall'oscurità. Curtis lo vede avanzare verso di lui. Indossa scarpe da tennis con la suola di gomma, pantaloni di cotone blu e un giubbotto jeans.

- Curtis?

- Sì.

- Ti aspettavo. Sono Tom, il tuo tutor. Sai cos'è un tutor? Curtis non risponde.

– Ok. Il lavoro è semplice, non avrai problemi. Adesso ti mostro il tuo armadietto e poi la tua postazione. Sei pronto?

– Sì.

Tom gira sui tacchi e si avvia nella direzione da cui è arrivato.

Curtis lo segue a qualche passo di distanza, fissando le sue scarpe dalla suola di gomma. Percorrono corridoi con le pareti color formaggio. Entrano in una stanza dove sono allineate tre file di armadietti d'acciaio. Qualcuno è aperto.

– Puoi mettere la tua borsa lì. Quello è vuoto. Potrai recuperarla più tardi.

Curtis esamina l'interno dell'armadietto prima di riporvi la borsa. È un semplice armadietto con una gruccia appesa, un pianale d'acciaio, minuscoli pezzettini secchi di Sticky Fix appiccicati all'interno dell'anta. Probabilmente in passato erano serviti come collante per appendere delle fotografie. A Curtis danno fastidio, deturpano la purezza vuota di quello scrigno industriale. Vorrebbe staccarli con le dita, ma Tom lo sta aspettando:

– Avanti, non abbiamo tutto il giorno.

Curtis si sfila la borsa sportiva dalle spalle e la infila nell'armadietto.

– Anche la cartellina. Non ti serve.

Con delicatezza depone anche questa, sopra alla sacca. Accosta l'anta. Nota che nella serratura c'è infilata una chiave. Questo lo tranquillizza. Chiude l'armadietto e si infila la chiave nella tasca dei jeans.

Percorrono un altro corridoio dalle pareti color cheddar.

Tom lo introduce in una specie di magazzino dove ci sono bancali su cui sono impalati vecchi libri. Milioni di volumi. Miliardi.

Al centro del deposito c'è un lungo tavolo in acciaio inox dove due uomini, ognuno con una pila di libri davanti, compiono lo stesso movimento del braccio, quasi in sincrono.

– Il lavoro è semplice – dice Tom, destando Curtis dai suoi pensieri. – Vedi come fanno loro? Ci sono quei bancali. Tu ti porti al tavolo i libri. Quella là in fondo è la tua postazione. Vieni. – Tom prende un volume da un mucchio compattato ordinatamente e lo porta al tavolo. Prende una specie di telecomando e lo appoggia contro il retro del libro. Sull'oggetto si accende una luce verde accompagnata da un "Biip". Tom allunga il libro su un nastro trasportatore che corre parallelo al tavolo per scomparire oltre una finestrella posizionata nella parete di destra. – Capito? Devi scansionare il codice a barre e se la luce che appare è verde li metti sul nastro rivolti a faccia in giù, se la luce è rossa li metti in quel cesto lì.

Curtis guarda un enorme cesto dove è stata attaccata un'etichetta: "Macero".

– Hai capito?

– Sì.

Tom va a prendere un paio di volumi e li appoggia sul tavolo:

– Prova.

Curtis è titubante, ma sa che non deve fallire. Lo scanner in una mano, il libro dall'altra.

Biip. Rosso. Cesto.

Biip. Verde. Nastro.

Il biip ricorda a Curtis il rumore delle macchine a cui sono attaccate le persone in rianimazione.

2
Charlie

Charlie sta correndo. Scappa e ha paura.

È sul sentiero che passa sul retro della scuola e cerca una via di fuga. Se riesce ad arrivare alla recinzione che dà sul vicolo può scavalcarla e raggiungere in fretta casa, cinque o sei minuti. Se ha fortuna, il tempo giusto per non essere picchiato.

Charlie ha dodici anni. Charlie è rincorso da tre ragazzi più grandi di lui.

Il cuore gli sale in gola. La cartella è pesante.

La recinzione di filo di ferro, alta mezzo metro, è vicina. Si volta indietro per vedere se i suoi inseguitori sono nei paraggi o se è riuscito a distanziarli.

Ci sono.

Torna a guardare davanti a sé ma, accidentalmente, incespica, un piede contro l'altro.

Cade in avanti. Prova a rialzarsi, ma un violento calcio al fianco gli toglie il respiro.

– Dove vuoi scappare, pezzo di merda!

– Bastardo!

– Prendi, finocchio!

I colpi si susseguono. Implacabili e rabbiosi. Al costato, allo stomaco, alle gambe.

Charlie grida dal dolore. Lampi di luce gli attraversano il cervello. Fitte lancinanti lo fanno contorcere. Cerca di ripararsi racchiudendosi in posizione fetale. Troppo tardi. Un calcio ben assestato sulla testa lo fa precipitare in un vortice di buio.

Il nulla. Definitivo... o quasi...

Biip...

Biip...

Biip...

Un debole suono, in lontananza. Delle voci.

Ancora buio.

Biip...

Biip...

Biip...

Una luce fioca. La vista tremola, vacilla. Negli occhi un brivido, un formicolio di pagliuzze d'oro.

La stanza è vuota. Ci sono dei macchinari a cui il suo corpo è attaccato. Fili che spuntano da sotto le coperte ed entrano in quell'insieme di ingranaggi e di luci colorate. Il liquido della flebo appesa sopra di lui scende, goccia dopo goccia.

C'è un buon odore nella stanza. Neutro.

Entra un'infermiera. Giovane. La faccia pallida.

Armeggia con la macchina. Lo guardo e gli sorride in modo professionale.

Charlie la vede allontanarsi e tornare poco dopo con un dottore. Anche lui sorride, con le labbra serrate. Dice qualcosa: "Buongiorno", "Come va?".

Charlie lo guarda e non parla. Lo osserva mentre accende una piccola torcia e gli punta il fascio di luce negli occhi.

Domande. Domande di rito.

Risponde sì, che sta bene. Gli dice quello che presume il dottore si voglia sentir dire per lasciarlo in pace.

– Telefoni a sua madre, infermiera.

Poi è di nuovo solo.

Biip...

Biip...

Biip...

Charlie si è appisolato.

Il primo senso che riconosce la sua presenza è l'olfatto. Annusa l'aria come un cane da fiuto. Apre gli occhi. Suo fratello maggiore, Pitt, è di fianco al letto. Ha una faccia stanca, preoccupata. I capelli biondi gli piovono sul viso. Gli occhi sbarrati, fermi, le iridi verdi e attente. Indossa la t-shirt dei Black Deviants, la sua band preferita:

– Mamma mi ha detto di venire a prenderti. Ho già parlato con il dottore. Vestiti e andiamocene da questo posto. Ce la fai ad alzarti?

Charlie annuisce con la testa.

In macchina, mentre tornano a casa, Pitt gli racconta che, durante il coma, per trenta secondi il suo corpo non ha dato segni di vita, poi il cuore ha ripreso a battere:

– Se fossi morto sarei andato a cercare quei bastardi. Li hai visti in faccia? Sapresti riconoscerli?

– No.

Pitt sa che sta mentendo, ma non insiste. Accende l'autoradio e ascoltano una veloce versione di *Mannish Boy*, eseguita in chiave heavy metal dai Black Deviants. Non parlano.

Il giorno dopo il rientro dall'ospedale due poliziotti in divisa vanno a trovare Charlie per fargli qualche domanda sull'agguato.

Anche con loro conferma la sua bugia: non ricorda, non sa chi sia stato.

Charlie ha deciso di non dire nulla. La polizia non può proteggerlo. Nessuno può farlo. Charlie è solo. Charlie è scampato alla morte.

Quando si sente pronto per tornare a scuola Pitt lo accompagna in macchina. Vuole assicurarsi che stia bene e che non ci siano problemi. Charlie scende dall'abitacolo, fa un sorriso forzato senza però guardare negli occhi suo fratello. Fermo sul ciglio della strada aspetta che Pitt riavvii il motore, e appena lo vede scomparire dietro l'angolo entra.

Incrocia i suoi assalitori. Tre teppistelli forti con i deboli. Invincibili con quelli come lui. Bulli.

Lo squadrano mentre passa per i corridoi, con un misto di arroganza animale e di apprensione che lui possa confessare e rovinarli.

Charlie non ha più paura di loro. Si sente cambiato. Ha sconfitto la morte e ora non c'è più nulla che possa spaventarlo. Né il dolore fisico né il dolore psicologico.

Anche adesso, dopo cinque anni da quella storia, ora che Charlie ne ha compiuti diciassette, quella consapevolezza persiste in lui.

Si è solidificata, ancora più forte, soprattutto dopo che Pitt ha preso la sua borsa e si è arruolato in una compagnia militare privata. Partito per l'Iraq, come contractor. Pitt se n'è andato appena gli è stato possibile, e senza il fratello maggiore Charlie non ha più nessuno che lo capisca e si prenda cura di lui. Pitt, che quando erano soli, gli parlava in modo diverso.

Guarda in alto la commistione di grigio di zinco e grigio di lastre cementate sul tetto della palestra.

Ancora più in alto, il cielo è bianco e lattiginoso.

Cammina in direzione della scuola. Assorto nei suoi pensieri.

Grandi finestre, protette da paraventi. Grigio cemento sui muri delle case.

Grigio. Tanto grigio.

A scuola, da qualche mese, è arrivata una studentessa nuova. È spuntata all'improvviso, a metà anno.

È di prima, ma si veste da ragazza più grande. I jeans attillati, una linea di rossetto, le unghie smaltate. I maglioncini che porta le mettono in risalto forme già sviluppate.

Charlie quando la osserva sente delle pulsioni.

Non sa come si chiami. Non le ha mai rivolto la parola.

Continua a camminare.

Spera di incrociarla prima dell'inizio delle lezioni. Per accendersi.

3
Curtis

Curtis e gli altri due addetti allo smistamento dei libri non si sono detti niente. Ognuno ha scansionato in silenzio, in attesa del segnale verde o del segnale rosso.

Ha rivolto loro solo un'occhiata fugace. Un nero gigantesco con le labbra carnose e il collo taurino, e un tizio ripiegato su se stesso dalla pelle giallognola e un tremolio costante alle mani.

Ha posto la sua attenzione esclusivamente ai volumi, che ha cercato di sistemare ordinatamente con la copertina disposta sul nastro quando il segnale era verde, e che ha messo nel cesto quando il segnale era rosso.

Nel deposito, immerso nella continua cacofonia dei biip, Curtis non si è fatto distrarre dal suo compito. Ce l'ha messa tutta. Non ha letto i titoli dei libri, i nomi degli autori, le sinossi sulla quarta di copertina. Non ha guardato le illustrazioni e le fotografie sul lato anteriore. Semplici oggetti, abbastanza leggeri, da dividere, smistare, senza commettere errori. Come gli è stato ordinato.

Ogni ora, un fattorino è entrato con un carrello porta pallet per rimuovere le ceste piene e sostituirle con altrettante vuote. La prima volta che Curtis lo ha visto ha risposto al cenno del capo che questi gli ha rivolto. Le comparsate successive lo ha ignorato. Biip, verde. Biip, rosso. Senza nemmeno alzare lo sguardo.

Ha seguito gli altri due dipendenti lungo il solito corridoio dai muri gialli fino a un distributore automatico. Ha aspettato che i nuovi colleghi prendessero da mangiare e da bere. Prima di allontanarsi il tizio di colore gli ha detto, con una voce bassa e gutturale:

– Abbiamo trenta minuti. Ce l'hai un orologio?

Curtis ha annuito, ma è andato in crisi: no, non ha un orologio.

Ha estratto dalla tasca dei jeans qualche pound e dei pence. Ha analizzato attentamente tutti gli alimenti e le bevande contenute nel distributore e alla fine ha optato per un tramezzino con le uova e una bottiglietta di Coca-Cola. Ha inserito le monete nell'apposita fessura, ha preso dal cassettone il suo frugale pranzo ed è tornato al magazzino, preoccupato di accumulare del ritardo se si fosse attardato in giro per quel palazzo sconosciuto.

Masticando il tramezzino ha cercato di farsi un appunto mentale: domani ricordarsi di mettere al polso l'orologio con il quadrante digitale che ha lasciato dentro la sua borsa sportiva.

In attesa dei suoi colleghi ha trovato un cestino dell'immondizia, vicino a un bancale di libri, e vi ha gettato dentro la plastica della confezione del tramezzino e la bottiglietta vuota.

Il deposito silenzioso. Il nastro trasportatore fermo.

Curtis ha osservato la luce al neon sul soffitto.

Gli è sembrato di essersi comportato bene nelle prime due ore e mezza di lavoro.

Poi gli altri due addetti allo smistamento sono rientrati e si sono ricollocati alle loro postazioni. Il nastro trasportatore si è rimesso in moto. Un lungo serpente inghiottito ininterrottamente dalla bocca della finestrella a destra.

Di nuovo i libri.

Biip. Rosso. Cesto.

Biip. Verde. Nastro.

Dopo altre due ore e mezza è arrivato Tom per informarli che potevano andare a casa. Quando Curtis gli è passato di fianco, Tom gli ha domandato se fosse andato tutto bene come primo giorno di lavoro.

Lui ha annuito e ha camminato dietro i colleghi fino allo spogliatoio. Ha tirato fuori la chiave dalla tasca, ha aperto l'armadietto, ha preso la cartellina rosa e la sua borsa sportiva.

Prima di uscire ha riletto uno dei suoi fogli.

Autobus 59. Dieci fermate. Da prendere davanti al palazzo...

Ora aspetta. La sacca a tracolla. La cartellina stretta al petto.

Sotto la banchina ci sono due donne anziane che disquisiscono del tempo. Di fianco a loro un caraibico con lunghi dreadlocks parla al cellulare. Grida. Sputa parolacce.

Curtis si allontana il più possibile da lui. Non vuole avere problemi con nessuno.

Il bus arriva.

Sale ed esegue, con più sicurezza rispetto al mattino, l'operazione di passare la tessera magnetica sul lettore giallo di fianco alla cabina dell'autista. Il lieve biip e la luce verde che si accende sul display gli trasmettono un vago senso di quotidianità.

Si aggrappa a un palo, nonostante molti posti a sedere siano liberi.

L'autobus parte e Curtis si concentra.

Contare le fermate. Non distrarsi.

Curtis osserva il segnale di chiamata che si illumina.

Le porte si aprono e poi si richiudono.

Alla terza fermata sale una ragazzina. Mentre passa di fianco a lui lo urta inavvertitamente e va a sedersi di fianco a un indiano in giacca e cravatta.

Curtis la fissa per un po'. Avrà sedici anni. Lunghi capelli castani lisci, la pelle chiara, grandi occhi neri. Indossa una felpa grigia con il cappuccio, jeans azzurri e scarpe da basket consumate. Ha un'aria trasandata, come lo zaino logoro che tiene tra le gambe, e lo sguardo corrucciato.

Le porte si aprono e si richiudono.

Curtis torna a concentrarsi sul tragitto dell'autobus.

Quattro... Cinque... Sei...

Un percorso lungo, attraverso una parte di città che non conosce.

Sette... Otto... Nove.

Pigia il pulsante di chiamata.

L'autobus frena.

Le porte si aprono.

Mentre scende, Curtis volge lo sguardo a sinistra e vede che la ragazzina sta contemplando la strada fuori dal vetro sporco.

Una volta sul marciapiede apre la cartellina e prende uno dei fogli. Legge alcune righe, poi si guarda intorno.

Il minimarket con le bancarelle sulla strada piene di frutta e verdura. Il negozio di vestiti africani, il pub Great Eagle.

Curtis si incammina. Passando di fianco al pub nota, attraverso le vetrate ombrose, le luci basse e le pareti scure. Uomini e donne di tutte le età con una pinta in mano e lo sguardo fisso sul menù scritto alla lavagna sulla parete di fronte al bancone.

Guarda il cielo. Bianco, tendente al nero. Il tramonto sta per calare il sipario, seppur sia ancora molto presto.

Curtis, al primo incrocio, svolta a sinistra. Attraversa un piccolo parco pubblico, silenzioso, con cancelli in ferro battuto, contornato da una strada circolare su cui si affacciano abitazioni vittoriane.

Prosegue lungo una strada sui cui lati sono ubicate moderne case con le pareti di vetro, qualche vecchio gasometro, magazzini riconvertiti in ristoranti.

Alla fine della via c'è una villa con i muri di mattoni gialli e alti camini a destra e a sinistra del tetto piano.

Curtis si avvicina al portico centrale. Spinge la porta, che si apre silenziosamente.

Si ritrova in un ampio salone dai soffitti molto alti e le pareti chiare, tinteggiate di un verde pastello. Un grande lampadario a grappolo è appeso al centro della stanza.

Sul pavimento in parquet sono collocati grandi tappeti su cui poggiano le gambe affusolate di mobili rosso mogano tirato a lucido.

Curtis guarda le parti terminali del mobilio e pensa che assomigliano a zampe di animali.

In fondo al salone c'è uno sportello in acciaio e vetro, completamente stonato in quell'ambiente. Dietro a esso Curtis intravede una chioma grigia.

Cammina cautamente sulle assi di legno scricchiolanti. Attraversa la stanza come se stesse facendo una sfilata. Spettatori gli scrittoi e le credenze dalle linee eleganti e simmetriche. Curtis è affascinato dai cassetti e dai ripiani a scomparsa, dagli scomparti segreti in legno lucido.

Giunge di fronte allo sportello.

L'impiegata seduta dall'altra parte, una donna anziana con una massa di capelli ricci grigi e il naso lungo e sottile, lo osserva con aria gelida.

Curtis non sa se debba aspettare, magari sedendosi sulla poltrona ad ali alla sua destra, con la seduta molto bassa e lo schienale alto, a forma trapezoidale, arricchito ai lati da lunghi poggiatesta che arrivano fino ai braccioli. Rimane inebetito dal velluto che la ricopre, una fantasia damascata arancione su sfondo nero.

– Posso esserle utile? – La voce della donna è arcigna.

Curtis d'impulso apre la cartellina e rilegge per l'ennesima volta il foglio con le istruzioni, ma non trova nulla da dirle se non:

– Curtis... Curtis Wallace.

– Avvicinati e appoggia lì il pollice.

Sul bancone c'è un lettore di impronte digitali.

Curtis fa come gli è stato detto.

La donna legge qualcosa a un terminale, poi si volta, apre un armadietto e prende una scatolina di latta, un lungo e sottile scrigno color panna con una farfalla stilizzata sul coperchio, un flacone di pillole e delle chiavi:

– Questa roba è per te. – Gli passa gli oggetti attraverso la fessura sotto il vetro. – Aspetta, non andartene. – La donna sfila un foglio da un raccoglitore di plastica e allunga anche questo oltre la feritoia. – Lì c'è la penna. Firma dove trovi le X.

Curtis impugna la penna e, facendo attenzione a non dimenticare qualche spazio, sigla per cinque volte il suo nome.

Riallunga il foglio alla donna. Questa lo esamina per qualche istante.

– E non scordarti di prendere le pillole. Una alla sera e una al mattino. Ci vediamo domani alla stessa ora.

Curtis non saluta. Annuisce.

Si china. Apre la borsa sportiva e vi infila ciò che l'anziana impiegata gli ha dato.

Richiude la cerniera.

Cammina fino alla porta.

In strada studia ancora i fogli contenuti nella cartellina rosa.

Deve tornare indietro, fino alla fermata dove è sceso, e lì aspettare l'autobus numero 113.

I magazzini. Il gasometro. Le case moderne. Il parco. Il pub.

Giunge alla banchina mentre il 113 sta costeggiando il marciapiede.

Sale.

Passa la tessera.

Si concentra sulla strada.

Sei fermate.

È importante memorizzarle oggi, le fermate, si dice Curtis stringendo il pugno chiuso intorno al palo, domani sarà tutto più semplice.

Scende insieme a una massa di persone in un viale caotico.

Apre la cartellina rosa e sente abbaiare. Curtis scruta un uomo che si sta avvicinando, accompagnato da un cane che pare avere cent'anni. La sua faccia è consumata, così come il muso dell'animale che tiene al guinzaglio:

– Hai una moneta?

Curtis non risponde.

L'uomo, indicando il bastardino, aggiunge:

– Buck è molto vecchio, non so quanti giorni passeremo ancora insieme. Devo comprargli da mangiare.

Curtis si allontana e si ferma dopo una decina di metri, si appoggia contro il muro di una casa. Legge con attenzione e si guarda intorno.

Dall'interno di un negozio di CD e vecchi vinili escono le note di qualche canzone reggae. Nell'aria c'è odore di pollo fritto.

Curtis si incammina verso sud. Trova quello che sta cercando dopo cinque minuti. Un labirinto di torrette, corridoi, ballatoi, spazzatura per terra, palloni bucati. Uno dei tanti *council estates* che riempiono quell'area della città. Un posto per madri single, persone sole, anziani, perdenti, sfavoriti dal sistema economico. Un posto per uno come lui. Un palazzo-dormitorio di decadenza urbana. Grigio. I panni appesi ai balconi. Gente che urla alle finestre. Una città nella città, fiera di mettere in mostra la sua decadenza, i suoi

problemi di criminalità e di disoccupazione, la sua colletti-
va abitudine all'alcolismo, il suo fatalismo.

Quarto piano. Appartamento 44.

Curtis entra nell'androne. I muri sono imbrattati da scritte volgari e murales. Va all'ascensore, ma è fuori uso. Le
porte sono aperte, è diventato un loculo straripante di oggetti: fogli, stampe, scarpe, cibo dimenticato, vestiti accata-
stati. Lo spazio calpestabile è pressoché nullo.

Sale le scale, molto lentamente.

Al primo piano incrocia un gruppo di ragazzini che fumano marijuana. Alcuni di loro sono asiatici, altri caucasici.
Lo ignorano, intenti a guardare qualcosa su un telefonino,
eccitati mimano colpi di boxe:

– Jason, passami quel cazzo di cellulare, ché vi devo far
vedere il video dell'ultimo incontro...

Al secondo piano un grosso caraibico e una vecchietta,
accompagnata da un cane obeso, stanno litigando. La porta
dell'appartamento alle spalle dell'uomo è aperta e si intravede una cucina che è una discarica. Pezzi di muro e pareti
scrostate, una coltre di polvere e calcinacci, cibo decomposto, finestre offuscate da schizzi di unto, piume e sporcizia
non meglio identificata.

Al terzo piano deve scavalcare un ostacolo di cassette di
birra e di biciclette buttate a terra per raggiungere la suc-
cessiva rampa di scale.

Al quarto piano trova l'appartamento 44, sulla sinistra
del corridoio.

Estrae le chiavi dalla borsa sportiva. Le prova nella serratura finché la porta non si apre.

È una spoglia camera prefabbricata. Imbiancata di fresco. C'è una piccola cucina a vista, attrezzata con due fornelli, un frigorifero, un lavandino e una scansia. C'è un letto singolo, sotto l'unica finestra e, sull'altro lato, una scrivania con una sedia e un armadio basso. Il bagno, minuscolo, si trova alla destra della porta d'ingresso.

È tutto bianco. Immacolato. Anche la lampada a soffitto, che Curtis accende per vederne l'effetto, emette un bagliore latteo.

Gli ricorda un quadro di un pittore che aveva visto a scuola, ma senza i colori.

È il suo appartamento. La sua nuova casa. Quella che gli è stata assegnata.

Apre la borsa sportiva e sistema le sue poche cose nell'armadio. Si allaccia l'orologio al polso per averlo già pronto il giorno seguente. È un vecchio Casio digitale al quarzo, di plastica. Imposta la sveglia, poi va alla finestra.

Palazzi grigi, anonimi, a destra e sinistra. In lontananza c'è un cantiere. È una zona recintata con montagne di sacchi di cemento, macchine escavatrici e una baracca. Sul tetto di lamiera di questa, un gabbiano sta cercando di afferrare qualcosa con il becco. Oltre il deposito c'è uno spiazzo quadrato di fanghiglia, mattoni rotti e solchi lasciati dalle gomme delle macchine.

Curtis guarda l'orologio.

Non ha nulla da mangiare.

Apre la cartellina rosa, sistemata sul materasso, in cerca di un aiuto, ma non ci sono istruzioni a riguardo. Potrebbe scendere a cercare un posto dove comprare del pollo fritto o un hamburger, ma non si sente ancora sicuro.

Con la cartellina in grembo va all'armadio, lo apre e la deposita con cautela sull'ultimo ripiano in alto. Prende il flacone di pastiglie e la scatola di latta che gli ha dato l'anziana donna e fa i pochi passi fino al bagno. Mette una pillola in bocca, beve un sorso d'acqua direttamente dal getto del lavandino.

Vede il proprio volto nello specchio. I capelli biondi corti, la bocca carnosa, gli occhi scuri, dove nuotano delle pagliuzze dorate. I suoi tratti sono induriti. Sono quelli di un uomo adulto che combatte da tempo con il proprio mondo interiore.

Deglutisce. Inserisce il flacone dentro la scatola e la lascia sullo scarico del water, ad altezza occhi.

Ha fatto tutto quello che doveva fare.

Il buio cala lentamente nella stanza. Accende e spegne la luce per saggiarne l'effetto.

Accende e spegne...

Accende e spegne...

Accende e spegne...

Quando gli sembra giunta l'ora si sveste. Ripiega gli abiti ordinatamente sulla sedia e, in mutande, va di nuovo a osservare il panorama.

Fuori dalla finestra dai vetri sporchi ci sono luci intermittenti e rumori molesti.

È un posto malfamato, però Curtis si convince che esistano delle regole anche lì e, tutto sommato, non vorrebbe vivere altrove.

Prova a stendersi per dormire, ma non riesce a prendere sonno: il cuscino e il materasso sono diversi da quelli a cui era abituato.

Si alza, accende la luce, apre l'armadio, prende la cartellina e se la porta a letto.

Studia le istruzioni per il giorno dopo per essere sicuro di non sbagliare i tempi, i passaggi, le azioni della sua nuova quotidianità.

Tra i documenti trova una pagina di giornale fotocopiata.

La legge e rilegge fino a quando non si addormenta.

4
Charlie

Charlie è da solo nella penombra della sua stanza.

È sdraiato a letto, vestito, con gli occhi spalancati.

Guarda il soffitto. L'amalgama di ombre e macchie nere, immobili.

Sente la testata del letto, nell'altra camera, sbattere contro la parete che la divide dalla sua stanza. Sente il grugnito animale, maschile, a cui risponde il mutismo di sua madre.

Tornato da scuola l'aveva vista cadere all'indietro, in cucina. Lui l'aveva guardato entrare e aveva disteso il pugno. Fuori c'era ancora luce: era troppo presto per le liti, ma avevano fatto pace in fretta. Lui si era calmato, e ora si dimenava sul letto.

Tum...

Tum...

Tum...

Charlie sente un dolore al petto, il cuore che pompa sangue nel resto del corpo.

Dovrebbe piangere, si dice. Ribellarsi. Farlo, ora che non ha più paura.

Invece ascolta, non prova nemmeno a prendere le cuffie e accendere lo stereo per isolarsi nel suo mondo di chitarre distorte e violenti colpi di rullante.

Tum...

Tum...

Tum...

Finalmente lui viene con un ultimo lacerante grugnito.

Silenzio.

Charlie odia il patrigno e prima o poi gliela farà pagare. Non ha timore delle sue mani callose, delle rughe sulle nocche, come il disegno su un muro, le screpolature della malta sopra e sotto i mattoni, i pori della pelle come buche da cui spuntano cespugli neri.

Volge il capo in direzione del letto vuoto di Pitt. Nessuno sa quando tornerà a casa. Lo ha lasciato solo. Solo con le sue pulsioni, il suo disgusto quotidiano.

A scuola la ragazza dai capelli ramati e le forme generose non lo ha notato. Se ne stava seduto su una panchina, in cortile, mentre lei rideva in compagnia di una banda di bulli. Fumavano sigarette ridendo sguaiatamente intorno alla gatta in calore.

Charlie sente un formicolio sulla pelle. Pulsioni che ha imparato a riconoscere e che non può fermare.

Qualcosa si muove da sotto il letto.

Si mette a sedere ed estrae un barattolo di vetro col tappo traforato. Dentro c'è una lucertola che si sta dimenando.

Charlie afferra l'accendino Zippo che gli ha regalato Pitt prima di partire e che tiene vicino a sé, sul comodino.

Fa scattare la rotella e illumina il barattolo. Un flebile aroma di benzina si propaga nella stanza.

La lucertola lo fissa. Charlie sposta la fiamma sotto il contenitore di vetro. Il piccolo rettile, sentendo il calore, si agita in preda al panico.

Pulsioni...

Movimenti interiori...

Accensione...

La lucertola sta impazzendo dal dolore.

Charlie spegne l'accendino soffiando sullo stoppino e rimette il barattolo sotto il letto.

Si alza e va a sedersi sul divano sfondato dopo aver spostato t-shirt, pantaloni e maglioni. All'angolo destro c'è un buco e a lui piace starsene lì, sentire le molle sotto il sedere. La stoffa logora di nessun colore lo affascina. Si intuiscono le ombre dei disegni romboidali, mentre il resto sembra essere stato falciato via da un tagliaerba. I disegni sono fiori geometrici, e a toccarli danno la sensazione di sfiorare una nuca rasata.

Pensa a Pitt, senza più i suoi lunghi capelli, pronto per la guerra.

Pensa ai capelli della ragazzina, a scuola.

Sente di nuovo il dolore al petto, il cuore che immette sangue ed energia incontrollabile su tutto il corpo. Dalla testa ai piedi.

Accarezza la stoffa del divano. La stringe, come se dovesse farle lo scalpo da un momento all'altro.

Nell'altra stanza sente sua madre che tossisce, discretamente.

Il patrigno, appagato, sta russando.

5
Curtis

Curtis si sveglia presto. Sono passati due giorni. È domenica, il suo giorno di riposo. La domenica non si lavora.

Va in bagno e prende una pillola dal flacone di plastica. Torna in cucina e la inghiotte insieme a un sorso di succo d'arancia.

Ha scoperto un minimarket, vicino a casa, gestito da un taciturno immigrato bengalese, dove acquistare cibi preconfezionati, uova, pancetta e bevande analcoliche.

In un *charity shop* ha comprato per pochi pounds una vecchia e piccola televisione portatile, con antenna incorporata. Era in un angolo del negozio, accesa. Sullo schermo scorreva la silhouette della conduttrice che parlava di una ragazzina scomparsa al rientro da scuola, dopo gli allenamenti di nuoto. I genitori facevano appello a chi poteva avere delle informazioni.

A Curtis piace quel minuscolo apparecchio televisivo. Gli piace, alla sera, guardare le notizie del telegiornale. A volte, quando non riesce a trovare la ricezione di nessun canale, rimane a contemplare lo schermo invaso dalla matassa di punti grigi che illuminano la stanza buia. Come una tormenta di smog in miniatura.

Abituarsi alla sua nuova quotidianità è stato più facile del previsto. Il rendersi conto che ogni giorno devono essere compiute le stesse azioni e che, le eventuali novità, vanno introdotte poco alla volta, quando si è sicuri di quello che si fa. Con l'orologio al polso non rischia di arrivare tardi in magazzino, e il tramezzino all'uovo lo mangia in fondo al corridoio con i muri color formaggio, seduto su una scalinata di ferro che conduce in un ampio cortile dal quale partono furgoncini bianchi stipati di scatoloni. Dove vadano e che cosa trasportino gli è del tutto indifferente. Mastica con calma il suo pranzo e osserva gli autisti mettere in moto e immettersi in strada.

È domenica e Curtis si prepara per uscire: un maglione di cotone a righe orizzontali rosse e bianche, una camicia bianca, pantaloni leggeri di velluto beige, scarpe da tennis bianche che ha pulito con un foglio di carta assorbente prima di calzarle.

Si sdraia sul letto e resta a fissare il soffitto. Fuori il sole è alto, ma il cielo è coperto da nuvole antracite che rendono i colori dell'atmosfera melanconici e precari.

Oggi Curtis ha deciso di introdurre una nuova attività nella sua vita. Si è preparato bene. Ha passato la serata precedente a studiare la mappa dei trasporti pubblici e un dépliant che ha trovato al *charity shop*, in una teca contenente *flyer*, volantini e opuscoli vari.

Quando si sente pronto si alza dal letto. Raccoglie la sua borsa sportiva già riempita con quello che gli serve. Esce di casa e scende le scale. Non incontra nessuno sui pianerottoli.

Alla fermata dell'autobus è da solo. La strada è deserta. I negozi sono chiusi.

Il 113 arriva dopo dieci minuti di attesa. È vuoto.

Curtis sale e va a posizionarsi in piedi, a metà dell'abitacolo, aggrappato al palo. Da giorni ha imparato a sedersi, quando trova un posto libero, dato che ha assimilato i percorsi della sua routine quotidiana, ma la destinazione, adesso, è una novità nelle sue abitudini. Rimane vigile. Gli occhi fissi sul display luminoso di chiamata.

Otto. Otto fermate.

Spinge il pulsante.

Le porte si aprono e lui scende.

La piscina comunale è proprio di fronte alla banchina. È un edificio moderno, caratterizzato da ampie vetrate.

Curtis entra.

Sulla sinistra c'è una reception dove un ragazzo con una polo bianca mastica rumorosamente chewing gum pigiando freneticamente i tasti del suo cellulare. Quando si accorge del visitatore appoggia il telefonino sul bancone e Curtis può vedere uno schermo popolato da diavoli avvinghiati a giovani donne color latte.

– Buongiorno, desidera?

Curtis alza lo sguardo, confuso:

– Voglio andare in piscina.

– Ha già fatto l'iscrizione online?

– No.

Il ragazzo prende un foglio e una penna e li allunga a Curtis:

– Compili tutti i campi contrassegnati dai puntini e poi firmi. Ingresso singolo o abbonamento?

Curtis rimane immobile, senza dire niente.

– L'ingresso singolo costa quattro pounds, l'abbonamento venticinque pounds e può venire tutte le volte che vuole, sette giorni su sette dalle nove del mattino alle sei di sera. Dopo ci sono i corsi.

– Singolo. – Curtis cerca una soluzione in quel caos di numeri che gli ha sciorinato l'addetto alla reception. Gli sembra più logico così. Abbassa lo sguardo e si concentra sul foglio che deve compilare. Esegue l'operazione con molta cura.

Quando ha finito, il ragazzo riprende il foglio e con quello sotto mano digita qualcosa su una tastiera collocata davanti a un PC:

– Bene. Ora è registrato. Ogni volta che verrà qui basterà che lei paghi i quattro pounds e potrà entrare liberamente.

– Non ho il costume.

– Che taglia porta?

– Non lo so.

Il ragazzo sospira. Si china dietro il bancone e si rialza con uno scatolone contenente costumi monocromo da uomo. Ne sceglie due, uno rosso e l'altro blu:

– A occhio e croce questi sono della sua misura.

Curtis allunga la mano titubante. Opta per quello blu.

Vede sulla sinistra un appendi oggetti dove sono sistemati diversi modelli di occhialini da nuoto. Ne prende un paio e li posa sopra al costume.

– A posto così?

Curtis annuisce.

– La cuffia ce l'ha?

– No.

Il ragazzo scuote la testa. Rovista nello scatolone e mette sul banco una cuffia azzurra in silicone.

– Ecco qui. Quattro pounds l'ingresso, quindici il costume, dieci la cuffia e otto gli occhialini. Sono trentasette pounds.

Curtis tira fuori due banconote da venti dalla tasca e le porge all'addetto.

– Tenga il resto. Lo spogliatoio degli uomini è là, in fondo a destra. Buona nuotata.

Curtis supera il tornello. Cammina per il breve corridoio ed entra nello spogliatoio. Ci sono delle cabine con appendiabiti e diverse panchine. Non c'è nessuno.

Entra in una cabina, apre la sacca e ne estrae un paio di ciabatte di gomma e un asciugamano bianco.

Si spoglia, molto lentamente. Piega i pantaloni e il maglione. Mette la camicia su una gruccia appendiabiti. Infila le calze nelle scarpe.

Inspira l'odore di cloro che pervade l'ambiente.

Esce dalla cabina con addosso il costume e la cuffia nuova, l'asciugamano gettato sulla spalla.

Ci sono due vasche. Una piccola e una grande. Nella seconda stanno nuotando delle donne anziane. Sul bordo, un bagnino le osserva distrattamente.

Curtis passa i piedi nel nebulizzatore elettronico. Appende l'asciugamano a un attaccapanni a muro, si sfila le ciabatte ed entra in acqua scendendo la scaletta d'acciaio.

La temperatura è piacevole. Tiepida.

L'odore del cloro è intenso.

Curtis rimane nell'angolo della vasca grande, con l'acqua cristallina che gli arriva alle spalle. Poi si immerge, in apnea. Osserva i corpi delle donne fluttuare sospesi, la pavimentazione antitrauma, blu oltremare, i pavidi riflessi del sole che si incuneano dal soffitto a vetro fin sotto la superficie liquida.

Si isola dal mondo.

Il tempo passa. La pelle sulle dita delle mani si raggrinzisce. Curtis prende fiato e poi torna sotto. Davanti ai suoi occhi si formano caleidoscopi che i piedi delle bagnanti, sbattuti nell'acqua, trasformano in continuazione.

Emerge ancora una volta e sente delle risate acerbe. Appoggia le braccia al bordo ruvido, solleva la testa e vede, sedute sull'orlo della vasca piccola, tre ragazzine.

Sono poco più che adolescenti. Tredici, quattordici anni. Indossano costumi a un pezzo, sportivi, colorati. Hanno i capelli raccolti nelle cuffie e Curtis se li immagina lunghi, lisci e lucenti. La loro pelle è vellutata e candida. Hanno gambe magre. Forme abbozzate. Ridono di qualche loro segreto che devono trovare molto spiritoso. Denti bianchi esposti al mondo, fossette sulle guance.

Curtis sente delle pulsioni molto forti. Vertigini. Gli monta il sangue alla testa.

Inspira ed espira e con un balzo esce dalla vasca, si infila le ciabatte, si butta l'asciugamano sulle spalle e torna velocemente nello spogliatoio, guardando in basso. Si lascia le risate infantili alle spalle.

Chiuso nella cabina si toglie il costume bagnato e si asciuga. Potrebbe fare la doccia, ma gli piace l'odore del cloro sulla pelle. È un aroma innocente, controllato. Dà di diritto l'appartenenza a un luogo con delle regole e delle dinamiche sociali che vanno rispettate.

Una volta pronto si mette la borsa sportiva a tracolla ed esce.

Le nuvole sono scomparse. Il cielo è limpido. Soffia una lieve brezza con una sfumatura di salsedine e fertilizzante per piante.

Curtis attende che il bus 113 lo riporti a casa. Sopra l'insegna di un fast food di piatti mediorientali una matassa di fili della luce attira la sua attenzione. Sembrano capelli scompigliati dal vento. Una zazzera d'acciaio. Una chioma elettrica.

Ode una frenata. Delle persone gli passano accanto. Davanti a lui è fermo l'autobus, in attesa.

Sale.

Non ci sono troppi passeggeri e lui si sente abbastanza sicuro. Trova un seggiolino vuoto in fondo al veicolo e si siede.

Fuori scorrono marciapiedi che si stanno animando. Macchine nere, buffe come grandi scarafaggi: insetti avvelenati e avvelenanti. Una comitiva di ciclisti. Cani randagi che rovistano nei bidoni dell'immondizia. Strade che si diradano in un dedalo di altre strade.

Alla seconda fermata sale la ragazzina che Curtis ha visto il primo giorno di lavoro. È passato qualche giorno, ma indossa ancora la stessa felpa grigia con il cappuccio, i jeans logori e le scarpe sfasciate. Con lei ha lo zaino.

Curtis la osserva. I lunghi capelli castani e la pelle diafana. I grandi occhi color petrolio sono strizzati in un'espressione di sdegno, aggrottata.

La ragazza si siede due file davanti a lui e Curtis può vederle solo le spalle strette e la capigliatura fluente che le scende scomposta sulla schiena.

Un uomo rasato, tarchiato, con una t-shirt grigia della Royal Air Force, i pantaloni mimetici e le braccia ricoperte di tatuaggi bluastri che raffigurano aquile e altri uccelli predatori, fino a poco prima appoggiato in piedi alla parete sotto la scala del bus, si avvicina alla ragazzina e dopo un attimo di esitazione le sorride mostrando una fila di denti marroni.

L'autobus sobbalza sopra una buca.

Le porte si aprono con un cigolio acuto. Curtis vede la testa della ragazza voltarsi nella direzione opposta a dove è appoggiato l'uomo.

Curtis desidera il silenzio. Stringe i pugni. Rimane all'erta.

Si alza.

Va a posizionarsi davanti all'uomo. Lo guarda in modo inespressivo. Si sente contemporaneamente denso e rarefatto.

L'uomo arriccia il naso. Una zaffata di birra investe Curtis in modo insolente.

L'autobus si ferma. Persone salgono. Persone scendono.

L'uomo lo squadra. Forse riconosce un potenziale svitato. Si sposta di qualche metro e, appena l'automezzo si ferma, scende in tutta fretta e si allontana lungo il marciapiede.

Curtis non sa che fare. Rimane lì, impalato. Lo sguardo fisso oltre il vetro sporco. Brandelli di paesaggio senza nessun significato. Insegne. Tikka Masala Indian Food. Cafè

Ada. Scorpion. The White Lion. Nick's Body Piercing. Shanghai Express. Any Amount of Books. S.H. Ferrel & Son. The Button Queen...

Spinge il pulsante.

Attende.

Le porte si aprono e lui salta giù, nonostante non sia la sua fermata.

Si accorge della ragazzina dopo pochi metri. Ne intravede il riflesso sulla vetrata di un negozio di articoli sportivi. Cammina dietro di lui di qualche passo.

Curtis procede. Strada dopo strada. Ormai sta attraversando il suo quartiere. Davanti a una friggitoria dei caraibici sono seduti su seggiole pieghevoli bevendo una bottiglia di rum di bassa qualità. Una macchina rossa passa con l'impianto audio a massimo volume. Due barboni si contendono un ombrello a calci e sputi. Donne grasse, nascoste sotto vestiti neri, barcollano, sopraffatte dal peso delle sporte della spesa, attorniate da eserciti di figli schiamazzanti.

Curtis entra nel minimarket dove è solito acquistare il cibo preconfezionato e le bevande.

Esce dopo pochi minuti con due sacchetti di carta.

La ragazzina è immobile, in attesa, a pochi metri di distanza. Appena Curtis si incammina verso il giardino fatiscente adiacente al suo palazzo, lei lo segue.

Curtis si siede sul lato sinistro di una panchina appartata.

L'anziana con il cane obeso che abita al primo piano passa trascinandosi dietro l'animale. Degli adolescenti di colore appostati vicino a un albero attendono compratori a cui dare una bustina di polvere. In lontananza si ode la sirena di un'ambulanza.

La ragazzina dai capelli lunghi si siede sul lato destro della panchina.

Curtis spinge dalla sua parte uno dei due sacchetti che ha in mano.

La sente mentre lo apre. Sente il tappo della Coca-Cola che viene svitato.

Anche Curtis addenta il suo panino con uova e tonno. Beve la sua bibita.

Mangiano senza parlarsi, guardando i giovani spacciatori, i pochi passanti, le rare coppie senza figli.

Quando finiscono, Curtis raccoglie le bottigliette vuote e le confezioni dei panini e le mette nei sacchetti. Si alza e lei lo segue.

Salgono le scale del palazzo-dormitorio. Non incontrano nessuno. Al terzo piano scavalcano le casse di birra e le biciclette gettate a terra.

Davanti alla porta Curtis estrae le chiavi dalla tasca dei pantaloni e le infila nella toppa.

Entrano.

Lui va a gettare l'immondizia in un cestino di plastica di fianco al frigorifero, poi si toglie le scarpe e le sistema sotto la sedia.

Lei lo imita.

Curtis accende la televisione portatile sul tavolo. Trova una frequenza buona. Le immagini sono nitide. Si siede sul bordo del letto. Dopo qualche secondo di incertezza anche la ragazza va a sedersi, sul bordo opposto.

Sullo schermo il mezzo busto della conduttrice del telegiornale. Le indagini sull'adolescente scomparsa dopo essere stata in piscina sono a un punto morto. Ennesimo appello dei genitori a chi possa fornire informazioni utili.

Quotidiane tragedie.

Quotidiane disperazioni.

Fuori dalla finestra un clacson suona a ripetizione.

Note cadenzate.

Quasi una ninna nanna metropolitana.

6
Charlie

Charlie è nel boschetto dietro casa. Un deserto verde controllato, dall'alto, da nuvole che sembrano grosse piume grigie. Il cielo è rosa per il tramonto. Viola per lo smog atmosferico.

Lungo il sentiero costeggiato da platani ci sono sacchetti di patatine, pacchetti vuoti di sigarette, siringhe, pezzi di ferraglia arrugginita ricoperta da erbacce viscide, carrelli della spesa abbandonati che fanno da tralicci a rampicanti e a escrescenze muschiate.

Charlie si inoltra sempre più fino a raggiungere una radura pulita e poco battuta. Il luogo riesce a risucchiare i suoni del traffico e della vita metropolitana e li rimpiazza con cinguettii di uccelli.

Vicino a un frassino ci sono tre piccole trappole d'acciaio a gabbia. In una di queste è rinchiuso uno scoiattolo. L'animale va avanti e indietro incapace di trovare una via di fuga. È ancora pieno di vitalità. Probabilmente sarà caduto nel tranello da qualche ora. Forse un giorno.

Charlie tira fuori dalla tasca dei jeans un fazzoletto di carta ripiegato e lo apre. Contiene uno spicchio di mela.

Si china davanti alla gabbia e appoggia il frutto alle sbarre. Lo scoiattolo, senza timore, si avvicina, e Charlie allontana il pezzo di mela e lo mette a terra, a pochi centimetri dalla trappola, distante quel tanto perché la bestiola affamata non possa raggiungerlo con le zampe.

Charlie, rannicchiato, fissa lo scoiattolo con sguardo inespressivo. Sente un mormorio, un tintinnio immaginario. Alle zanzare dentro il suo cranio servirebbe un foro per andarsene.

Solleva le cuffie che ha appeso al collo e le infila nelle orecchie. Accende il suo lettore Mp3. Le note distorte e violente di un vecchio brano dei Black Deviants irrompono nei sui canali uditivi. Polverizzano le zanzare cerebrali. Quattro quarti su quattro quarti di chitarre stridenti, tamburi rimbombanti.

Attorno a lui tutto è immobile, eccetto lo scoiattolo, che saltella nella gabbia, lo sguardo fisso sullo spicchio di mela.

Charlie si rialza e torna a casa.

In cucina sua madre e il patrigno stanno litigando. Charlie alza ancora di più il volume dell'Mp3 ed evita i loro sguardi. Posa gli occhi sul cerchio umido lasciato sul tavolo dalla bottiglia di birra che il patrigno ha in mano. Del vapore esce dal beccuccio del bollitore. Sul barattolo del tè c'è un disegno giapponese di tre aironi con le code legate insieme. Foto, soprammobili, cartoline, vasi di fiori vuoti, mucchi di flaconi di pillole sul frigorifero. Nell'angolo, sopra la madia, la televisione accesa trasmette il notiziario. Passano immagini di una ragazzina con i capelli rossi. Charlie sente un prolungato formicolio sottocutaneo.

Il fumo denso della sigaretta che sua madre tiene in bocca si alza e si abbassa mentre lei grida oltre la barriera del suono, il filtro che rimane incollato al suo labbro inferiore.

Charlie vede la mano callosa, screpolata, ricoperta dai cespugli neri, che al rallentatore impatta sulla guancia di sua madre. Vede la sigaretta che si stacca dalla sua bocca e scompare dietro il tavolo.

Charlie ne ha abbastanza. Percorre il corridoio ricoperto di moquette macchiata e puzzolente ed entra in camera sua.

– Io non ho paura. Io non ho paura. Io non ho paura. – Lo dice piano, a tempo con la canzone che gli sta vorticando tra i neuroni.

Si leva la t-shirt e si mette quella nera dei Black Deviants. È quella di Pitt, la sua preferita. Quella che gli ha lasciato prima di partire.

Prende una manciata di pounds che tiene nascosti in un paio di vecchie scarpe da tennis che non mette più, abbandonate sotto il divano sfondato. Poche banconote e qualche moneta.

Esce dalla finestra.

Solo quando arriva alla fermata dell'autobus spegne l'Mp3.

Il viaggio dura quarantacinque minuti. Charlie si siede accanto a uno skinhead, grigio come il mercurio, pancia enorme che spunta dalla t-shirt, che fissa il pavimento. Due centimetri di birra calda ancora intatti nel bicchiere di plastica che tiene in mano.

Dietro di loro le voci smozzicate di due donne:

– Sai quanto paga d'affitto? Settecentocinquanta pounds al mese per una camera.

Risate:

– Povera scema. Noi ne sborsiamo duecento per due camere e una cucina.

Scende in una zona industriale, di capannoni.

Taglia per un vicolo acciottolato. Sul muro le parole "God save the BNP", seguite da una svastica, colano lacrime nere verso il selciato. Intorno silenzio. Un silenzio sporco e rovente.

Charlie sbuca in un'altra strada, identica a quella da dove proviene. In fondo alla via ci sono persone in coda davanti a una vecchia fabbrica di mattoni. Sulla facciata, in alto, un'insegna di tubi al neon rosa: "Rock Factory".

La fila è composta prevalentemente da ragazzi e ragazze con i capelli lunghi, giubbotti di pelle, chiodi, t-shirt simili a quelle che indossa Charlie, jeans attillati e strappati, anfibi e scarpe da basket. Qualcuno sfoggia una cresta da mohicano insaporita alla colla di pesce, qualcuno ha piercing su sopracciglia, mento, labbra. Molti bevono direttamente da lattine di birra.

Una processione di giovani visi pallidi, in attesa di essere investiti dai centoventi decibel sparati fuori dalle casse acustiche di un palco su cui, a breve, compariranno i Black Deviants, vent'anni di successi acclamati dal popolo dell'underground heavy metal.

La sfilata procede abbastanza velocemente. Charlie si ritrova davanti all'entrata dove il buttafuori, un gorilla con le labbra turgide e gli occhi pallati, compresso dentro un soprabito nero, sta discutendo con una ragazza:

– Ce l'hai o non ce l'hai? Non ho tempo da perdere.

– Ti ho detto che il biglietto ce l'ha un mio amico. Fammi entrare, probabilmente lui è già dentro. È che non riesco a rintracciarlo... – La ragazza ha una voce sommessa, sembra che quella diatriba verbale l'abbia completamente svuotata. Charlie la fissa con sguardo piatto. Indossa una felpa ardesia, con i polsini sfilacciati, dei jeans chiari e delle vecchie scarpe sportive. I capelli lisci, dai riflessi ramati, le cadono sulle spalle. Ha un corpo succhiato, magro, nonostante un'evidente e precoce femminilità.

– Ascoltami, ragazzina: o mi fai vedere il biglietto o te ne vai. La vedi la coda dietro di te, sì?

– Tu non vuoi capire... – Lei sembra quasi sul punto di piangere.

– Capisco benissimo: stai per guadagnarti un calcio nel culo.

Charlie si fa avanti:

– Ecco i biglietti.

Il buttafuori e la ragazza lo guardano perplessi. Charlie non batte ciglio, continua ad allungare i due tagliandini di carta, come una protesi della sua mano ferma. È il concerto dei Black Deviants, il suo primo concerto. Ha comprato i biglietti dopo aver ricevuto la lettera di Pitt, l'unica che gli ha scritto da quando era partito, dove gli prometteva che sarebbe tornato a casa per la prima data del nuovo tour dei loro beniamini.

Ma poi era successo che al telefono aveva risposto sua madre. Erano tutti e tre in cucina a mangiare sformato di manzo gommoso e sabbiosa purea di patate.

Lei l'aveva presa con un certo contegno. Aveva posato la cornetta e si era seduta. Senza guardare nessuno in particolare aveva sussurrato:

– Pitt è morto.

Il patrigno aveva spalancato gli occhi, si era portato la bottiglia di birra alla bocca e aveva commentato con un amaro e inutile:

– Oh, cazzo...

Charlie si era chiuso in camera. Aveva contemplato i biglietti già acquistati. In seguito aveva trascorso la notte a riscaldare il fondo del barattolo dove aveva fatto prigioniera una nuova lucertola, che aveva sostituito l'altra, ormai asfissiata. Per poi avvicinare la fiamma dello Zippo al palmo della sua mano fino a sentire un lacerante dolore.

Adesso è lì, davanti al Rock Factory. La sua occasione per celebrare, a modo suo, la memoria di Pitt.

Pitt, che quando gli altri non c'erano, gli parlava in modo diverso.

Pitt, che non verrà.

Pitt, sgozzato da un gruppo di ribelli in una cantina di Baghdad.

Pitt, eroe per un giorno. Il funerale a carico della famiglia, in quanto arruolato in una compagnia militare privata e non appartenente alle forze armate della Corona.

– Avanti, muovetevi – ringhia il buttafuori facendosi da parte per far passare Charlie e la ragazza.

– Non so come ringraziarti – dice lei, mentre cercano di orientarsi nella vasta sala dove è posizionato il palco.

Charlie alza le spalle e la guarda in modo indefinibile.

– Ti piacciono i Black Deviants?

– Sì...

– Io li adoro. – La ragazza allunga una mano. – Io mi chiamo Lilith.

– Charlie – dice lui tenendo le braccia lungo i fianchi.

Lilith lascia ricadere la mano:

– Piacere, Charlie. Me la offri una birra?

Lui fa un cenno di assenso con il capo e si dirige verso il bar. Si fa largo tra un affollamento rumoroso di giubbotti di pelle, chiodi e t-shirt strappate. Compra due lattine di birra e ne offre una alla ragazza.

– Ai Black Deviants – dice lei, facendo sbattere la sua lattina contro quella di Charlie, che si limita a mostrare un debole sorriso che sembra una smorfia e a ingollare voracemente il liquido freddo e amarognolo.

Alle loro spalle un applauso prolungato e delle urla selvagge li fanno voltare.

– Vieni con me – dice Lilith dirigendosi verso la folla assiepata davanti al palco.

Charlie la segue, mentre le luci soffuse del locale si spengono e si riaccendono immediatamente, facendo apparire i musicisti già in posizione dietro i loro strumenti. Tutti e quattro i Black Deviants indossano giubbotti di cuoio, jeans aderenti strappati, hanno facce bianche, logorate e lunghi capelli spettinati.

La musica esplode come una bomba. Ritmi aggressivi, un suono potente, l'enfatizzazione estrema dell'amplificazione e della distorsione della chitarra, del basso e della voce.

Il suono divide acusticamente, ma non fisicamente, Lilith e Charlie. Sono vicini. Lei si dimena, così come gli altri ragazzi intorno a loro, mentre lui resta immobile. Tutto lo avvolge: la musica, l'odore dell'alcol e del sudore, le onde vibranti dei bassi che fuoriescono implacabili dalle casse acustiche, ma lui è fermo. Lo sguardo impassibile.

A Charlie, a tratti, la musica dei Black Deviants ricorda la cacofonia che produce l'assembramento di un motore di auto in un garage. Fragorosi pezzi d'acciaio in movimento, che cozzano gli uni contro gli altri. Assoli e *riff* intricati, fraseggi velocissimi di ferraglia che sbatte ed emette lamenti e giubili.

Lilith si volta a osservarlo. Lo trova strano, ma del resto a lei i tipi strani e introspettivi piacciono. I capelli lisci le cadono sul viso. Li scosta con una mano e torna a concentrarsi sul concerto.

Il cantante dei Black Deviants sta esaltando i benefici dell'orgasmo, urla contro i benpensanti asessuati che conducono esistenze da parassiti. Ringhia tonalità gutturali a gambe larghe, impugnando l'asta del microfono come un'arma.

Charlie guarda la ragazza, Lilith. Il suo corpo magro, le forme che aderiscono alla stretta stoffa dei jeans. Sente delle pulsioni. Apre e chiude lentamente le mani.

Il chitarrista ora domina la scena, attraverso l'uso di un compressore produce, con il suo strumento, un suono aggressivo, incisivo e sostenuto, ma, al contempo, semplice.

Il brano cessa improvvisamente e per qualche istante nella sala trionfa un silenzio ovattato...

Applausi e grida.

Il batterista assesta un colpo di grancassa seguito da uno di rullante. Una linea percussiva molto lenta, cadenzata e sinistra. La chitarra sprigiona atmosfere sulfuree e d'effetto. Il cantante parla della lotta. La luce è sostituita dall'oscurità, l'ottimismo dal cinismo e dalla disperazione. È una battaglia, uno scontro continuo, infinito, fra le forze del bene e del male. Tra l'agire e il subire.

Charlie pensa a Pitt, a quello che il fratello gli raccontava con voce calma quando erano da soli nella loro stanza, mentre cercavano di ignorare quello che succedeva dall'altra parte del muro. Adesso, anche se è solo, non ha più paura di loro. Ha superato la morte e ora non c'è più nulla che possa spaventarlo. Strani biip di lontana memoria invadono la sua testa e lui li ascolta mentre sovrastano la musica dei Black Deviants. Guarda i lunghi capelli ramati di Lilith. La forma della sua schiena. Del suo sedere.

Sono solo due individui in mezzo alla folla.

Nessuno fa caso a loro.

Charlie si avvicina di qualche centimetro alla silhouette della ragazza.

Apre e chiude le mani...

Apre e chiude le mani...

Apre e chiude le mani...

Lentamente.

7

Curtis

Curtis esce di casa per andare a lavorare. Ha male alla schiena perché ha dormito seduto sul letto. Quando si è svegliato, al mattino, si è ritrovato così, rannicchiato, scomodo, solo: la ragazza scomparsa. Curtis si ricorda che guardavano in silenzio il telegiornale alla televisione, poi lui si è lentamente addormentato, stranamente pacificato.

È uscito in anticipo. Seduto sul seggiolino in fondo all'autobus guarda scorrere la città. Il paesaggio che ormai fa parte della sua routine. Insegne, semafori, crepe sui marciapiedi, fili della luce... Poi percepisce un nuovo dettaglio. Si alza, spinge il pulsante di chiamata e mentre lo fa si stupisce di non essersi mai accorto di quello che ha appena fugacemente osservato.

Scende. La fermata non è la sua, ma ha tempo, potrà raggiungere il magazzino comodamente, camminando. Le novità vanno inserite poco alla volta, quando si è sicuri di quello che si fa, e Curtis è deciso. Le titubanze hanno smesso temporaneamente di farlo annegare nell'oceano dei suoi dubbi.

Percorre a ritroso la strada, fino al punto dove ha scorto il dettaglio inedito.

Eccola lì. Una scuola. Alcuni ragazzi si affrettano ad entrare, altri temporeggiano davanti all'ingresso ridendo e scambiandosi battute goliardiche.

Curtis si appoggia al muro di una caffetteria, abbastanza distante da non essere notato da quella giovane fauna cianciante. Osserva. Il volto impassibile. Riconosce i bulletti, che fumano sigarette con aria altezzosa. Riconosce le vittime, ragazzini piccoli e sgraziati che gli passano a fianco con lo sguardo basso sperando di non essere presi di mira. Alcune adolescenti vestite alla moda, da adulte, troppo femminili per la loro età, sfoggiano parigine e gonne corte.

Suona la sveglia del vecchio Casio che Curtis ha al polso. Estrae dalla tasca dei pantaloni un tubetto arancione, semi trasparente, ne fa uscire una pillola e la ingoia, continuando a scrutare le ragazzine. Le magre gambe chiare che scompaiono sotto quelle gonnelle a scacchi. I lunghi capelli luccicanti. Gli occhi da animali selvatici pieni di stupore.

Quando tutti gli studenti sono entrati dentro l'edificio, Curtis si avvia a spalle curve, facendosi strada, un gigante troppo grosso per quel mondo di innocenza.

Più tardi, durante la pausa pranzo, Curtis trova su uno sgabello di fianco alla macchinetta del cibo e delle bevande un tabloid abbandonato. Lo sfoglia mangiando il tramezzino alle uova, seduto sulla scalinata di ferro. Nel cortile i furgoncini bianchi vanno e vengono in un rumore di motori accesi e marce inserite.

Mastica lentamente leggendo un articolo dedicato alla ragazzina scomparsa di cui parlava anche il telegiornale. La polizia ha rinvenuto la borsa da nuoto della scomparsa in un cassonetto a due isolati di distanza dalla piscina. Segue un appello dei genitori indirizzato a eventuali testimoni. Tra le righe Curtis interpreta: rapitore, ti scongiuriamo, ridacci nostra figlia. C'è anche una foto, è la stessa del TG, una tredicenne con le lentiggini, la pelle diafana e i capelli lunghi, lisci e ramati. Curtis sente scariche elettriche che gli salgono lungo la spina dorsale.

Rientrato nel magazzino esegue le solite mansioni. Il suo costante esercizio di scannerizzazione. Biip, verde. Biip, rosso... Un semplice scambio di saluti, accennati da un lieve gesto del capo, con il fattorino che entra sul carrello porta pallet per rimuovere le ceste piene e sostituirle con quelle vuote.

Finito il turno esce senza congedarsi dagli altri addetti.

Autobus 59. Sale. Passa la tessera magnetica sul lettore. Biip. Luce verde. Si siede di fianco a una donna in *sari* che sta digitando parole su un cellulare. Curtis ha con sé il tabloid. Lo riapre sull'articolo che parla della ragazzina scomparsa. Guarda attentamente la foto, passa una delle sue dita tozze sui capelli di carta, sulle labbra.

Dieci fermate.

Scende.

Il solito tragitto. La sua pingue ombra che affianca il minimarket, il negozio di vestiti africani, il pub Great Eagle, il parco pubblico, le abitazioni vittoriane, il gasometro, i magazzini riconvertiti in ristoranti e infine la villa dai mattoni gialli e gli alti camini.

Curtis attraversa il salone fino allo sportello. La donna anziana non alza nemmeno lo sguardo. Lui osserva la poltrona alla sua destra, gli sembra che la fantasia damascata dello schienale esploda in un groviglio di chiome intricate tra loro...

Un colpo di tosse lo fa sussultare. La donna aspetta.

Curtis appoggia il pollice sul lettore di impronte digitali. Prende la penna sul bancone e sigla per cinque volte il suo nome sul foglio già sistemato davanti alla fessura, sotto lo sportello di vetro.

– Aspetta. – La donna prende da sotto il bancone una specie di grossa moneta bianca e un oggetto che a Curtis ricorda il suo scanner. – Mettiti questo sensore sul braccio e appoggialo qui.

Curtis prende quella specie di moneta e la appoggia sotto il polso. Una ventosa, una sanguisuga di plastica. Allunga il braccio sopra al bancone. L'anziana dalla chioma grigia passa il lettore che sembra uno scanner vicino al sensore:

– Toglilo. – Si volta verso il monitor del suo PC. Legge dei valori che scorrono dall'alto verso il basso, poi si gira di spalle, apre l'armadietto e prende un flacone arancione. – E non scordarti di prendere le pillole.

Curtis appoggia il sensore sul bancone, infila nella tasca dei pantaloni il flacone, si volta e taglia la stanza camminando sul pavimento scricchiolante.

Sull'autobus guarda ancora una volta la fotografia della ragazza scomparsa. Rilegge l'articolo. Una volta sceso decide di stracciare il tabloid e di gettarlo in un bidone dell'immondizia.

Il sapore della sera si espande pian piano nelle strade, l'aria si ammorbidisce.

Curtis fa la spesa al minimarket, percorre i pochi metri fino al suo palazzo. Una macchina con l'abitacolo pieno di giovani facce poco raccomandabili gli passa accanto a passo d'uomo. Poi accelera, scompare dietro l'angolo. Davanti al portone due africani stanno discutendo di una qualche partita del campionato di calcio. Una donna bionda urla oscenità dalla finestra del quinto piano verso qualcuno giù in basso, che Curtis non riesce a vedere.

Sale le scale. Effluvi di fritto rancido, cattivi odori corporali, sporcizia, scarafaggi. Usci aperti su microcosmi di miseria.

Sul pianerottolo, di fronte alla porta di casa sua, c'è la ragazzina. È seduta per terra, con le braccia a contenere le gambe magre in posizione fetale. Il cappuccio della felpa grigia è calato sopra al capo a nasconderle, in parte, capelli e viso. Lo zaino è buttato lì di fianco, vicino a lei.

Curtis la osserva per qualche secondo.

Non si dicono nulla.

Estrae le chiavi dalla tasca e apre la porta.

La ragazzina si alza, entra, si leva le scarpe, sistemandole sotto la sedia, e va a raggomitolarsi sul bordo destro del letto.

Curtis porta il sacchetto della spesa nel minuscolo angolo cottura.

Si accinge a preparare, per entrambi, delle uova in tegame   con   della   pancetta.

8

Charlie

Charlie sta reggendo i capelli di Lilith mentre vomita bile e liquido giallo. Colpa delle birre. Se n'è fatte offrire quattro. Ha scroccato, inoltre, dei tiri da uno spinello di passaggio, mentre i Black Deviants eseguivano i bis. È stato un bel concerto. Potente, intenso, rabbioso. A Pitt sarebbe piaciuto.

Sono vicini a una macchina rossa parcheggiata, in prossimità del Rock Factory. Intorno a loro c'è movimento. Ragazzi che stanno tornando a casa, ancora galvanizzati dalla performance dei loro idoli. Charlie ha occhi solo per Lilith, chinata a quattro zampe, e per la pozza di vomito che si espande sotto la ruota anteriore dell'automobile. Ha orecchie solo per i conati. Suoni gutturali che aiutano a far fuoriuscire dalla sua testa gli incessanti biip.

– Ehi! Cosa state facendo alla mia macchina?

Due tipi alti, i capelli rasati, t-shirt nere che a fatica riescono a contenere muscoli levigati, e ai piedi anfibi militari, si stanno avvicinando.

– Dico a voi, ragazzini: via da lì che dobbiamo andarcene.

– Guarda, Frank, questa cretina ti ha vomitato sulla ruota.

- Alzati, scema... - L'energumeno strattona Lilith. Charlie molla la presa sui capelli della ragazza e lei perde l'equilibrio, cadendo scomposta. Un nuovo conato le fa vomitare un rigurgito liquido sugli anfibi del tipo. - Ma che diavolo... - Lui di riflesso le tira un calcio che la colpisce alla spalla. Non contento l'afferra per i capelli, costringendola ad alzarsi, poi la spinge violentemente, facendola andare a sbattere contro il muro di una casa.

Il compare guarda Charlie con fare minaccioso:

- Cos'hai da guardare? Vuoi prenderle anche tu?

Lo sguardo di Charlie è vuoto. Non ha paura. Non più. Lui è scampato alla morte, ed è risorto.

Sfila rapido un coltello a farfalla dalla tasca dei jeans. Lo fa mulinare in aria. Si produce nell'esecuzione di una serie di figure acrobatiche e gesti di destrezza. Uno yo-yo acuminato e letale. Un regalo di Pitt. Un dono avuto subito dopo il risveglio dal coma. È stato suo fratello a insegnargli a usarlo. "Ci puoi sbucciare le mele o renderlo un artiglio di assoluto annientamento. Farlo diventare il caposaldo del guerriero che è in te".

I due energumeni guardano il coltello. Guardano l'espressione assente di Charlie. Alzano le mani, quasi all'unisono.

- Stiamo calmi... Tranquillo, ok?

Charlie avanza, continuando a far volteggiare il coltello. I suoi sempre più spaventati antagonisti indietreggiano. Tira su Lilith per un braccio e si allontanano velocemente. Girato l'angolo Charlie fa ruotare i due segmenti affilati attorno al perno del trinciante, richiudendolo. La farfalla mortale diventa un innocuo stecco d'acciaio Charlie se lo infila nella tasca dei jeans.

Attraversano la zona industriale, una distesa spopolata e malsana.

Nel silenzio enorme, dal buio denso, Charlie ode scaturire un cigolio molteplice e sottile, ma nessuno li sta seguendo. Lilith è aggrappata a lui, intontita.

Sbucano nella strada dove passa l'autobus. Giunti alla banchina, Charlie guarda gli orari. È tardi. Nessun mezzo, fino all'alba.

Si siedono. La ragazza accasciata contro di lui. Charlie sente i suoi lunghi capelli solleticargli il collo. Ne inspira l'odore acidulo, spesso:

– Dove abiti?

– ...

– Dove abiti?

– De Montfort Road... De Montfort Road 11... 11... a Streatham Hill... all'11 di De Montfort...

Charlie smette di ascoltare la cantilena. Si guarda le mani. Le apre e le chiude. Percepisce il calore del corpo di Lilith addosso a lui. Sente la pesantezza del coltello a farfalla chiuso nella sua tasca.

Una luce in fondo alla via li illumina, avvicinandosi.

Charlie si alza in piedi e fa qualche passo giù dal marciapiede, sbracciandosi.

È un'utilitaria nera quella che si ferma. L'autista abbassa il finestrino e Charlie si sposta sul lato del guidatore. Un sikh con la barba brizzolata e il turbante blu lo guarda. Ha gli occhi gonfi e arrossati:

– Che vuoi?

- Può portarci a Streatham Hill?

- La notizia buona è che sì, sono un minicab. Quella cattiva è che ho finito il turno e le nuove normative non mi autorizzano a far salire passeggeri presi sulla strada. Se vuoi un taxi, ragazzo, devi prenotarlo per telefono.

- Posso darle dieci pounds. È tutto quello che ho.

Il sikh scuote la testa e poi sorride, mostrando una fila di denti bianchi che risplendono nel buio:

- Sto andando in quella direzione, vivo lì vicino. Non li voglio i tuoi soldi. Salite, prima che ci ripensi.

Charlie aiuta Lilith ad alzarsi, le apre la portiera posteriore, l'adagia sul sedile e si siede accanto a lei. L'autista parte:

- Siete andati a una festa?

- Sì - risponde a bassa voce Charlie, che non ha voglia di chiacchierare, di dare spiegazioni, di raccontare a quell'uomo del suo tributo alla memoria di Pitt, della consistenza dei capelli di Lilith. Delle sue pulsioni.

- Questa è una zona dove si rischia di lasciarci la pelle a girare a piedi di notte. Io non ho paura però: nel cruscotto ho una pistola...

Charlie vorrebbe confessargli che neanche lui ha paura, di nulla, figuriamoci di un quartiere periferico. Il sikh parla, ma lui guarda fuori dal finestrino. Pensa a Pitt, a tutte le lacrime che si sono rapprese e raggrumate dentro di lui, senza mai sgorgargli dagli occhi per andare a riempire i vuoti lasciati dalla perdita di suo fratello. Un velo di dolore gli ha gonfiato il cuore, rendendolo immortale. Un angolo di inferno nel suo cervello, popolato di zanzare, di ultrasuoni. Flussi di coscienza come banderuole nel vento. Fiocchi di neve nera danzante tra i neuroni e il nulla. Lilith che dorme di fianco a lui, il profilo del suo seno illuminato dalla luce dei lampioni in strada.

– Streatham Hill dove?

– De Montfort Road 11.

– La conosco. È dietro la stazione della Southern Line. Mica male...

Charlie non sa cosa dire. Sta pensando ai brutti sogni che non se ne vanno, ma si limitano a rimanere brutti, come i grugniti del suo patrigno, i sussurri di sua madre...

La macchina si ferma davanti a una bella palazzina vittoriana, in una via pulita e tranquilla dove si susseguono altre case costruite nello stesso stile. Davanti a qualcuna di esse sono stati piantati dei platani e dei noccioli. Ci sono biciclette riposte ordinatamente nelle rastrelliere. I bidoni dei rifiuti sono chiusi.

– Buonanotte, e grazie della compagnia – dice il sikh, mentre riparte verso nord.

Charlie e Lilith sono fermi sul marciapiede, in silenzio. Lei gioca con una ciocca dei suoi capelli. Sembra essersi ripresa un po'.

– Ce la fai?

Lei annuisce:

– Vuoi entrare? I miei genitori sono andati a trovare mia zia a Brighton e mia sorella dorme da un'amica...

Charlie la guarda spento, impassibile. Casa sua è molto distante, non ha voglia di camminare e non ha voglia di cercare un altro taxi.

Annuisce.

Salgono i pochi gradini. Lilith apre la porta e accende la luce.

Si ritrovano in uno stretto corridoio che conduce in una vasta sala da pranzo divisa con un arco in muratura da una cucina moderna e pulitissima. La soffice moquette verde e le pareti bianche danno un senso di tranquillità campestre.

Lilith si lascia cadere su un ampio divano color vinaccia.

Charlie, dopo un attimo di esitazione, si siede accanto a lei.

Non parlano.

Lui guarda la moquette, il prato casalingo.

Lei guarda lui.

Poi gli si avvicina nel momento esatto in cui Charlie si volta. Sente la lingua della ragazza che cerca di farsi spazio nella sua bocca. Assapora l'odore del vomito e quello ferroso della birra. Muove impacciato le labbra, le accarezza la schiena.

Lilith si scosta e con fare maldestro gli sbottona i pantaloni. Si mette in ginocchio davanti a lui. Charlie sente caldo. Vede la chioma della ragazza che va su e giù tra le sue gambe. Si sente a disagio. Alla fine lei si ferma e alza il capo:

– Non preoccuparti. È normale quando si beve troppo. Non sei il primo e non sarai l'ultimo...

Charlie non dice nulla. Continua a osservarla con il suo sguardo spento.

La ragazza si abbassa i jeans e le mutandine e si sdraia sul divano:

– Potresti provare a far contenta me...

Lui ubbidisce. La sua lingua assapora salsedine e molluschi. Gli occhi spalancati su tessuti appiccicosi. Peli scuri, radi e arzigogolati come fili della luce.

La sente mormorare. Sente il suo corpo irrigidirsi e poi rilassarsi, dopo un prolungato sospiro. Quando si alza vede che Lilith ha gli occhi chiusi e la bocca socchiusa. Rimane seduto guardando alternativamente il suo sesso e la moquette. Cerca analogie, differenze. Cerca di controllare le zanzare che gli ronzano nel cervello...

Non si è accorto di aver chiuso gli occhi e di essersi addormentato. Dalla finestra filtrano le prime luci dell'alba. Lilith si è tirata su i jeans e dorme allungata sul divano, girata di fianco.

Charlie si alza in piedi.

– Ehi... – La voce impastata della ragazza.

Lui non si volta.

– Voglio vederti ancora. Mi piaci.

Percorrendo lo stretto corridoio butta l'occhio su fotografie appese a uno specchio. La sera precedente non le aveva notate. C'è Lilith, seduta su una poltroncina in un giardino fiorito. C'è una donna che le assomiglia, intenta a preparare una torta nella cucina moderna della casa. C'è un uomo, in t-shirt, pantaloncini sportivi e scarpe da tennis, che sta correndo su una strada di qualche cittadina di provincia. C'è il primo piano di una ragazzina, adolescente, sui tredici, quattordici anni. La pelle colore del latte, delicate lentiggini sulle guance e sul naso, i lunghi capelli rossi.

Charlie sofferma l'attenzione su di lei.

Sente delle pulsioni.

Biip...

Biip...

Biip...

9
Curtis

La ragazza silenziosa entra ed esce dalla vita di Curtis. Pensa di averla intravista una mattina, mentre aspettava di fronte alla scuola, ma non ne è sicuro. Qualche volta la incrocia sull'autobus che lo riporta a casa e lei, senza parlare, scende con lui alla fermata e lo segue fino alla sua stanza. A volte la trova ad aspettarlo fuori dalla porta. Rannicchiata contro il muro, lo zaino logoro ai suoi piedi. Curtis le prepara qualcosa da mangiare, dividono i due angoli del letto, senza interagire: gli basta condividere la solitudine.

Curtis, quando la ragazza è presente, prima di sedersi sul suo bordo del materasso le lascia sul tavolo qualche banconota, ma quando si sveglia al mattino, e si accorge di essere solo, nota che lei se n'è andata senza prendere i soldi. Curtis ignora cosa faccia durante il giorno, come passi il suo tempo, come si chiami, da dove venga. Non sa nulla di lei, e non gli importa.

La sua routine avanza piatta e ovattata. Va al lavoro. Scannerizza i libri. Si reca dall'anziana della villa con i muri di mattoni gialli e gli alti camini.

Ora la donna si è ripresa il sensore. Curtis la guarda digitare qualcosa sulla tastiera del suo computer.

Firma il foglio.

Prende le pastiglie.

Si volta.

– Aspetta. Stanza numero 4. – La donna gli sta indicando, con uno scheletrico dito puntato a sinistra, una porta di legno massiccio.

Curtis non ribatte nulla. Si incammina a passi lenti verso il vano e lo schiude delicatamente.

Si ritrova in un'anticamera dai muri rosa circondata da quattro porte. Su ognuna di esse è stato appeso un numero dorato. 1... 2... 3... 4...

La porta numero 4 si apre silenziosamente e sull'uscio compare un uomo calvo di mezza età con spessi occhiali e baffi sottili, appena accennati. Indossa un camice bianco aperto e sotto una camicia a scacchi bianchi e neri e dei comodi pantaloni azzurri.

– Buonasera, Curtis. La stavo aspettando. Entri.

Si ritrova in uno studio che ricorda, in piccolo, il salone d'entrata della casa: i soffitti molto alti, i muri tinteggiati di un verde pastello, tappeti su cui poggiano le gambe affusolate di mobili in rosso mogano tirato a lucido. In un angolo, sotto una finestra ad arco, uno scrittoio in rovere. Su una libreria decine di volumi dalle coste consumate. Volumi che ricordano a Curtis il suo lavoro.

– Prego, si sieda. – L'uomo indica una poltrona uguale a quella che Curtis fissa tutti i giorni aspettando di firmare il foglio e di ritirare le pillole. Si siede con cautela, cercando di non farsi rapire dal velluto che la ricopre, di non accarezzare la fantasia arancione.

L'uomo avvicina al tavolo una semplice sedia di legno e si posiziona di fronte a Curtis. In mano ha una cartella rosa piena di fogli che ha recuperato dallo scrittoio:

– Allora, Curtis, posso darti del tu, vero? come sta andando al lavoro? – La sua voce è calma, molto professionale.

– Bene, grazie.

– Le mansioni che ti ha affidato il tuo tutor ti soddisfano?

Curtis fa cenno di sì muovendo il capo su e giù.

– La tua casa ti piace? So che è un quartiere un po' difficile.

– Mi piace. Ci sto bene.

– Ne sono felice. Hai qualcosa da segnalare?

– No.

– Intrattieni rapporti con qualcuno fuori dall'ambiente di lavoro?

– No. Nessuno.

– Bene. Molto bene. – L'uomo apre la cartellina rosa e gli allunga una busta chiusa. Curtis la prende e la tiene in mano, continuando a fissare il suo interlocutore con espressione neutra.

– Puoi andare.

Curtis si alza. Uscendo dalla stanza nota la telecamera in alto. È certo che Matthew lo stia guardando. Sorride.

Percorre il solito tragitto, fino alla banchina dell'autobus. Non c'è nessuno. Apre delicatamente la busta. Ne estrae un foglio bianco dove, con un pennarello nero che Curtis identifica come qualcosa di conosciuto, c'è la scritta, in stampatello: "Ottimo lavoro Curtis". Sotto c'è un nome: "Matthew", anch'esso redatto con lo stesso pennarello nero.

Nella busta ci sono anche dei contanti.

Curtis torna a casa. È sabato e le strade sono pervase da una frizzante vivacità. Gruppi di giovani si dirigono in club, ristoranti e locali. Uomini e donne camminano sui marciapiedi trasportando sporte che contengono i frutti dello shopping.

Passa davanti alla friggitoria, alla macelleria musulmana, al minimarket. Sale le scale del suo palazzo. La ragazza silenziosa è seduta sul pianerottolo. Lo sguardo cupo. Curtis infila la chiave nella toppa, e la gira.

Dentro l'appartamento la ragazza va a togliersi le scarpe, le mette sotto la sedia e va a sedersi nel suo angolo, sul materasso.

Curtis va nel cucinino. Riscalda su una padella una salsiccia del Cumberland. L'ambiente si riempie di denso fumo grigio. Gira più volte la carne, poi la taglia in due parti con un coltello, la sistema su due piatti e va a dare alla ragazza la sua porzione.

La sveglia del suo orologio da polso suona. Curtis va in bagno, afferra il tubetto delle pastiglie e si blocca. Lo guarda, se lo rigira tra le mani, poi lo rimette giù. Torna in cucina, prende il suo piatto, accende la televisione e si siede vicino alla ragazza a mangiare e a guardare il telegiornale. La notizia della giovane scomparsa è passata in secondo piano. Il conduttore riferisce che gli inquirenti hanno trovato dei riscontri in casi analoghi avvenuti nei mesi precedenti: delle ragazzine scomparse non è stata più rinvenuta nessuna traccia. La fotografia dell'adolescente dai capelli lunghi, la pelle chiara e le efelidi scorre per una manciata di secondi sullo schermo prima di lasciare spazio all'incontro che la nazionale di rugby ha giocato in Francia.

Finito di mangiare Curtis lava i piatti e le posate. In testa continua a vorticargli una nenia. Una parola paurosa gli sorge dentro: accensione. Come un ordine, una legge, una sentenza che non può ignorare.

Lascia sola la ragazza a guardare la TV.

Uscendo incrocia un vicino, un ometto pallido in canottiera e ciabatte, che cerca di sbirciare all'interno dell'appartamento, ma lui si affretta a chiudere e a scendere le scale.

Il taxi lo trova dopo dieci minuti di cammino, parcheggiato davanti a un ristorante specializzato in Peri-Peri Chicken.

– Dove? – gli chiede l'autista, un nero grande e grosso che mastica una ciambella verde ricoperta di zucchero. Ha la pelle brunita dal sudore che gli cola a rivoli.

– Nella strada degli alberghi a ore. – È così che Curtis ha sentito, sull'autobus, da due tizi, chiamare l'arteria a sud della città dove esercitano le prostitute per i poveracci.

Il tassista si produce in un ghigno beffardo:

– Amico, di puttane è pieno anche questo quartiere, sei sicuro di volere andare lì? È una zona molto brutta, posso assicurartelo.

Curtis annuisce e apre la portiera posteriore.

– Come vuoi. Contento tu.

L'abitacolo odora di disinfettante e sudore. Fuori, luci intermittenti. L'insegna di Hog in the pound. Facce da maiali su cartonati di dimensioni ciclopiche. Scheletri che ridono intorno a una donna vestita da infermiera. Rapper che imbrattano muri di palazzi grigi con bombolette spray dai colori abbaglianti: "Life is now", "Some people are strange. Get over it!", "Make war not love".

Tutto si fonde in sagome nere. Teloni impermeabili strappati. Bancarelle incustodite. Minimarket fatiscenti. Le facce dei passanti si confondono con i muri delle case. Pensioni malfamate. Postriboli a ore dove stazionano barboni e immigrati.

– Questa è la zona. Le "signore" le trovi sia in quella fila di alberghi luridi lì davanti, sia nei vicoli qui intorno. Sono dieci pounds.

Curtis paga e scende.

Cammina per la strada male illuminata. Ombre di volti si muovono dietro a finestre di stanze rischiarate da pallidi lumi gialli. Dall'interno si sentono provenire voci di uomini che sghignazzano.

Svolta per una via secondaria. Un canto lacerante guizza come una lingua di fiamma. Una canzonetta per bambini interrotta da pause improvvise, spezzata da rotture istantanee, secche. Curtis scavalca la fonte di quella nenia: è un ubriaco seduto a terra. L'uomo ha la faccia nascosta da un cappellino con la visiera:

– *Take a key and lock her up... lock her up... My fair lady...* – A Curtis la voce dell'ubriacone, strozzata nella gola da quel singulto stonato, ricorda uno strumento musicale a cui siano saltate insieme tutte le corde.

Prosegue guardandosi in giro. Davanti a una porta illuminata da una plafoniera esterna stazionano due prostitute di colore con i capelli intarsiati in treccine colorate e le facce piatte, schiacciate. Ai loro piedi ci sono mucchi di croste di pane.

Curtis volge lo sguardo dall'altra parte. Vede un'ombra all'angolo della via. La flebile fiamma di una sigaretta le illumina, a tratti, il viso. È una donna dalla pelle chiara, con la bocca troppo grande e il naso marcato. I capelli mossi color carota le cadono sulle spalle e sulla schiena. È truccata pesantemente. Rossetto color sangue, eyeliner scuro come la pece. Indossa un soprabito beige, aperto, che fa intravedere un aderente mini abito a righe orizzontali bianche e blu. Ha sandali bianchi con i lacci e il tacco a spillo. Una borsetta di camoscio:

– Sei di fretta o hai voglia di divertirti un po'?

Curtis annuisce:

– Voglio divertirmi...

– Vieni con me.

La donna lo conduce fino al termine di un vicolo rischiarato solo dalla luce lunare. C'è un capanno rudimentale, probabilmente un deposito abbandonato. La costruzione è piegata e deformata. Il tetto sta di sghimbescio come il coperchio di una lattina, oscilla e scricchiola. La grande porta di lamiera è appoggiata contro il muro del vicolo. È tutto nero.

Entrano. Lei davanti, lui dietro.

Sotto il tetto bucato Curtis vede volteggiare dei granelli di polvere rossastra illuminati dalla luna.

La donna allunga le mani e gli sbottona con maestria la patta dei jeans. Curtis sente dita fredde che tastano il suo sesso.

– Vuoi farlo con o senza precauzioni, tesoro?

- Così... senza...

- Ti piace il rischio, eh?

Curtis non risponde. Guarda la donna abbassarsi. Osserva i suoi capelli color carota. Sente la sua bocca che gli inghiotte il sesso. La lingua che guizza da tutte le parti. Torna a osservare i granelli di polvere rossa che danzano nell'aria.

- Lasciati andare, tesoro... vedrai che ti piace... - La donna riprende a succhiare, ma dopo un minuto si alza in piedi. Ha il rossetto sbavato e l'effetto è quello di un marchio che dalla bocca le taglia la fossetta sinistra. Curtis la sente sospirare. Lei gli prende una mano e gliela conduce fin sotto il mini abito. - Avanti, tesoro, toccala... è un regalo per te... tutto per te...

La mano di Curtis rimane immobile sull'inguine tiepido della donna. La osserva con sguardo impassibile. Confuso.

- Senti, sfigato, guarda che devi pagarmi lo stesso, sai? Cos'è, non ti si rizza perché sei finocchio? - La voce della donna è cattiva. Il suo alito puzza di carogna di animale selvatico. - Non vuoi farlo? bene, ma la grana adesso me la dai, impotente...

Curtis sente salire la rabbia. Un tremito lo prende. Un tremito violento che gli scuote le ossa, gli storce la faccia, gli fa battere i denti.

Le tira una testata sul naso. Un fiotto di sangue sprizza in aria e si unisce al ballo dei granelli di polvere.

- Mi hai rotto il naso, maledetto finocchio bastardo...

Curtis chiude la mano e le tira un pugno in faccia. La donna cade a terra. Il mini abito le si è sollevato. La luna le illumina le cosce, il sesso. Curtis guarda i milioni di peli che si diramano come fili elettrici.

– Non farmi male, per favore... – Sul volto tumefatto della donna compare un'espressione terrorizzata. Curtis sente di avere la situazione sotto controllo. Si sente forte. Sente di avere delle pulsioni.

Si avvicina. Richiude la mano a pugno. Guarda il naso sfasciato, la bocca sanguinante.

Pulsione...

Accensione...

Delle risate. Risate di un uomo e una donna, nel vicolo. Forse una prostituta con il suo cliente.

Curtis esce di corsa dal capanno. Sbatte contro ombre che stanno cercando un luogo appartato.

Giunto in strada cammina rapido, verso nord.

Avanza, un passo dopo l'altro.

Ha le mani sporche di sangue.

Se le nasconde in tasca.

10
Charlie

Charlie è fermo sul marciapiede, all'ombra di un nocciolo. La palazzina vittoriana assume contorni eleganti sotto la luce del sole. I muri bianchi, dipinti a calce, danno l'idea di purezza. I mattoni rossi dei cornicioni sono stati posati con metodo. Uno sull'altro, regolari, solidi.

Lilith si chiude la porta alle spalle e scende i gradini. Dà un'occhiata alla rastrelliera dove sono parcheggiate due biciclette, un'olandese nera e una mountain bike. Poi sembra ripensarci e si incammina verso la strada principale con le mani nelle tasche laterali della felpa. Nota Charlie per puro caso:

– Ehi, che sorpresa! Che cosa ci fai qui?

– Passavo...

Lilith sorride:

– Ti va di camminare un po'?

– Sì.

Per un po' passeggiano in silenzio sull'ampio marciapiede, guardando distrattamente le vetrine dei ristoranti vietnamiti, dei fast food giamaicani e degli store di alimenti dietetici e macrobiotici. Davanti alla stazione della Southern Line stazionano dei ragazzi con la pettorina arancione che distribuiscono tabloid gratuiti. Un rastafari con un cespuglio di spessi dreadlocks canta inni religiosi accompagnandosi con un ukulele scordato.

– Sono contenta che sei venuto a trovarmi... volevo scusarmi con te per l'altra sera. – Lilith si scosta una ciocca di capelli dal viso e con la coda dell'occhio guarda Charlie. Lui cammina fissando il marciapiede. – Sai, non ho abitato sempre qui. Ci siamo trasferiti da meno di un anno, da Brighton... lì ci vive ancora mia zia... – Fa una pausa, si mordicchia la pellicina del pollice destro. – A scuola non avevo amici, poi ho conosciuto Michael. Ci siamo messi insieme e ho iniziato a girare con i suoi, di amici, ma ci siamo lasciati, una settimana fa, e sono rimasta di nuovo sola, o quasi... così quando un mio compagno di classe mi ha invitata al concerto dei Black Deviants ne ho approfittato: una buona occasione per stare in mezzo alla gente ascoltando musica che amo... lui non è venuto, però ho conosciuto te, e devo aver bevuto troppo...

– Sì... – Charlie fissa le crepe sul marciapiede, una lattina di birra schiacciata, feci canine, sigarette spente...

– Com'è finita con i due tizi della macchina?

Charlie alza le spalle:

– Bene.

– Ma come hai fatto a tenerli a bada?

Per la prima volta lui la guarda in faccia. L'espressione neutra:

– Io faccio paura...

Lilith sorride:

– A me non spaventi.

– ...

- Senti, ti va di venire a casa mia? I miei genitori sono ancora a Brighton. Devo solo andare al market a prendere il latte e i biscotti.

- Va bene.

Si fermano davanti a una piccola rivendita alimentare.

- Torno subito.

Charlie aspetta guardando il traffico veicolare. Le zanzare nel suo cranio sibilano e mischiano il loro fastidioso sbattere d'ali con il rumore delle marmitte e dei clacson.

- Eccomi. - Lilith tiene in grembo un sacchetto di carta da dove spunta una bottiglia di latte.

Entrano nella casa della ragazza. Sul tavolo della cucina c'è una borsa sportiva.

- Elly ci sei?

- Sono in camera! Arrivo! - Una voce squillante, giovane.

Si sentono dei passi cadenzati sulle scale. Cinque secondi dopo compare la ragazzina ritratta nella foto nell'ingresso: la pelle chiara, delicate lentiggini sulle guance e sul naso, i lunghi capelli rossi, con riflessi ramati. Indossa una t-shirt verde, pantaloncini di cotone azzurri e calze corte di spugna, bianche.

Charlie la osserva imperturbabile, ma dentro di sé sente muoversi qualcosa. Un temporale di lampi elettrici si espande dal suo cervello alla spina dorsale. Ondate calde si infrangono contro il suo apparato digerente. Sta avvampando, ma rimane immobile, non lascia trasparire nessuna emozione.

- Charlie, lei è Elly, mia sorella.

- Ciao - dice lei, salutandolo con la mano.

– Ciao.

– Tutto bene a casa di Sophie? – chiede Lilith.

– Sì.

– Sei andata in piscina, dopo la scuola?

– Sono appena tornata.

– Ti ho preso le patatine piccanti – dice Lilith, poi, rivolta a Charlie. – Mia sorella è una drogata di queste schifezze.

– Non sono schifezze. – La sua vocina sbarazzina, capricciosa. Charlie la guarda mentre rovista nella sporta della spesa, ne estrae un sacchetto di Hot Chips e lo apre andandosene via. Poco dopo i passi cadenzati risalgono le scale.

– Forse ti sto facendo perdere tempo, magari devi andare a studiare e io ti tengo qui a far nulla. – La voce di Lilith desta Charlie, ancora immobile, preso dalle sue invisibili pulsioni.

– No...

– Ma che scuola fai tu? Non so niente di te.

– La Modern School a Norbury, dietro il parco...

Lilith si avvicina a lui:

– Vuoi vedere la mia camera?

– Sì...

Al piano di sopra ci sono quattro porte lungo un corridoio ricoperto di moquette rossa. Lilith entra nella prima stanza. Ai muri sono appesi poster dei Black Deviants, dei Metallica e degli Anthrax. C'è una scrivania con il ripiano ingombro di libri, fogli, quaderni. Seminascosto un PC portatile. Una parete è coperta da una libreria dove, oltre a volumi vari, sono disposti dei peluche, una palla da rugby di gommapiuma, dei CD e un piccolo stereo. Il letto è nell'angolo sinistro, vicino alla finestra.

Lilith chiude la porta, si avvicina alla libreria, accende lo stereo e dopo pochi secondi la musica veloce e sincopata dei Black Deviants invade l'ambiente.

Charlie rimane fermo, senza sapere cosa fare. Osserva Lilith sedersi sul letto, scalciare via le scarpe da tennis, togliersi la felpa e i jeans. Rimanere in canottiera e mutandine:

– Vieni qui.

Lui esegue, si siede accanto a lei. Inspira il suo profumo: sa di muschio bianco e sudore.

– I miei non torneranno, oggi. Sono ancora da mia zia...

Charlie pensa a Elly. Alle sue gambe magre. Alla pelle chiara e a quella voce innocente e al contempo impertinente. Si sente avvampare. Deve dare un freno alle sue pulsioni: si avvicina a Lilith e la bacia, goffamente. Sente la lingua della ragazza sui suoi denti.

Con una mano si slaccia i pantaloni, l'altra l'appoggia sullo sterno di Lilith e la spinge giù, sul materasso. La ragazza si abbassa le mutandine. Charlie gli è sopra. Vede la sua bocca che si dischiude. Sente il suo alito dolciastro.

Sta entrando in lei. Nel suo cervello suoni sempre più acuti.

I Black Deviants cantano della lotta tra bene e male.

Elly e le efelidi sul naso. Elly con le lunghe gambe magre e i lunghi capelli ramati.

Elly che non sa di accendere gli istinti di quelli come lui, lui che stringe una mano sul collo di Lilith, con gli occhi sbarrati, senza vederla.

Lui che con il bacino spinge sempre più violentemente, come se volesse farla sprofondare con tutto il corpo dentro il materasso.

Lui che stacca la mano dal collo di Lilith per immobilizzarle i polsi.

Elly che se ne va mangiando le patatine e mostrandogli il suo profilo.

Elly che lo guarda con quei suoi occhi liquidi e attenti in attesa di qualcosa che solo lui può darle.

Charlie spinge e le stringe i polsi.

– Mi fai male...

Charlie che è sopra la ragazza, ma non sa chi sia, cosa voglia da lui.

– Basta, smettila... mi fai male...

Charlie che non ha paura. Charlie ha superato la morte e ora non c'è più nulla che possa spaventarlo.

– Ho detto basta! – L'urlo disperato di Lilith lo desta immediatamente.

Lei lo spinge via e si rannicchia contro la testata del letto.

– Scusa... io non volevo... – Charlie si alza in piedi. Si abbottona affannosamente i pantaloni. – Mi dispiace... – Esce dalla stanza e per l'agitazione va nella direzione sbagliata, verso la fine del corridoio. Entra in bagno. Si lava la faccia nel lavandino, ma la confusione interiore non diminuisce. Si appoggia alla finestra con gli occhi rivolti alla leva di bloccaggio del battente. Resta immobile con lo sguardo assente, fisso su un punto corroso dalla ruggine. Poi le sue dita si muovono svelte, frenetiche, sulla leva.

Respira profondamente e ripercorre la passatoia con la moquette rossa. La seconda stanza ha la porta socchiusa e lui vede Elly, sdraiata di spalle, sul letto, che sta parlando con qualcuno al cellulare. La sente ridere. Si è tolta le calze di spugna e i suoi piedi nudi, piccoli, delicati, si strofinano l'un l'altro, in aria, le ginocchia piegate.

Charlie si affretta a tornare sui suoi passi. Corre giù per le scale e si precipita in strada.

Nella sua testa miliardi di suoni stanno combattendo una battaglia all'ultimo sangue.

Biip...

Biip...

Biip...

11
Curtis

La suoneria della sveglia del Casio si attiva.

Curtis la spegne.

Va in bagno a lavarsi la faccia.

Guarda il tubetto di pastiglie e la scatola di latta con le pillole.

Torna nella stanza principale.

Il letto è sfatto. Non sa quando la ragazza silenziosa se ne sia andata. Le banconote che lui le ha lasciato sul tavolo sono ancora lì.

Beve un sorso di limonata e mangia due Chip Cookie al cioccolato.

È domenica e lui si prepara meticolosamente: il maglione di cotone a righe, la camicia bianca, i pantaloni beige, le scarpe da tennis pulite.

Raccoglie la sua borsa sportiva, esce dall'appartamento, scende le scale, si dirige alla fermata dell'autobus.

Sul 113 va ad aggrapparsi al palo, rimane vigile, nonostante il veicolo sia mezzo vuoto e lui conosca il tragitto.

Scende dopo otto fermate.

Le porte si aprono e lui scende.

Entra sicuro nella piscina comunale.

All'ingresso c'è il manifesto con la foto della tredicenne scomparsa. È il ritratto che Curtis conosce bene: una ragazzina con le lentiggini, la pelle diafana e i capelli lunghi, lisci e ramati.

Paga i quattro pounds dell'ingresso singolo al solito dipendente con la polo bianca che mastica un chewing gum.

Paga senza dirgli una parola e va a cambiarsi.

Lo spogliatoio è vuoto.

Si chiude in una cabina e si sveste lentamente. Ripensa al volto dell'adolescente scomparsa. Inspira, espira.

In piscina ci sono solo donne e uomini di mezza età. Nessun adolescente.

Dopo aver passato i piedi nel nebulizzatore elettronico, Curtis appende l'asciugamano a un attaccapanni a muro, si sfila le ciabatte ed entra nella vasca grande scendendo la scaletta d'acciaio.

La temperatura è fredda.

L'odore del cloro, vago.

Curtis prende a muovere le braccia, prima lentamente e poi con velocità costante. Nuota a stile libero, respirando lateralmente ogni tre bracciate.

Dopo dieci vasche si ferma e si aggrappa con le mani al bordo ruvido.

Due donne sedute su una panca stanno chiacchierando, le cuffie in grembo. Sembra non abbiano voglia di bagnarsi, ma solo di parlare:

– Io ho paura per Liam: ha solo dodici anni. Non mi va che venga qui...

– Ti capisco, la mia ha quattordici anni, ma come si fa a chiuderli in casa? A volte è così stressante...

Curtis si immerge, in apnea.

Si isola nel suo mondo blu, fatto di contorni che si dilatano e si comprimono.

Riprende fiato. Le donne sono ancora lì:

– Conosco la madre. È sempre fuori città. Così giovane e la faceva tornare da sola. Del resto abita poco distante da qui, vicino a casa mia, dalle parti della stazione.

– Come mi dispiace. Pensa che delle volte è venuta da noi. Lei e Patsy, mia figlia, erano amiche. So che era disciplinata, si allenava molto in vista delle selezioni nazionali.

– Magari non ha badato all'orario... ho sentito che la polizia non ha nessun sospettato.

– Ti ricordi? Anche sei mesi fa una ragazza è scomparsa, aveva la stessa età, e anche lei i capelli rossi. Aveva frequentato la piscina solo un paio di volte. Hanno rinvenuto il corpo nudo qualche mese dopo, vicino a un canale di scolo. Ritengono sia stata per settimane prigioniera del mostro che l'ha rapita. Speriamo sia solo una coincidenza...

– Magari questa volta è solo una bravata di un'adolescente.

– Mi auguro che questa brutta storia finisca presto...

Curtis si cimenta in un'altra decina di vasche a stile libero.

Poi si mette a osservare quello che ha intorno. La testa semi sommersa e il naso a fior d'acqua. I suoni si propagano liquidi, come un senso anestetico. L'effetto delle pillole si è diradato, la sua mente è lucida, i suoi sensi in allerta. La piscina ha delle ampie vetrate sul lato che dà a sud dove ci sono i parcheggi. Figure scorrono a destra e sinistra. Tranne una.

Costeggia il bordo vasca nuotando verso la scaletta quando una ragazza che sta eseguendo bracciate in stile libero lo urta.

Lei sobbalza e chiede scusa in modo rispettoso ed educato. Lui annuisce e prosegue. Il contatto della pelle della ragazza con la sua ha travolto i suoi nervi scoperti. Sente scariche elettriche che gli rimbalzano nella testa.

Risale la scaletta, recupera l'accappatoio e va a cambiarsi.

Nello spogliatoio c'è un uomo sui trent'anni, seduto su una panca. Si sta infilando le scarpe. È alto, largo di spalle e di carnagione chiara. Ha un naso ampio e labbra carnose. Piccoli occhi neri scrutano Curtis fino a quando non scompare dentro la cabina.

Qui, si toglie la cuffia e il costume bagnato. Si asciuga e si rimette i vestiti. Il cuore si sta lentamente placando. Il battito torna naturale.

Quando esce nello spogliatoio l'uomo con c'è più.

Decide di mangiare qualcosa nel bar di fronte alla piscina. Prende un tramezzino confezionato, con bacon e uova, e una bottiglia di Coca-Cola dallo scaffale, paga alla cassiera, una inespressiva creola con le treccine, e si siede a un tavolo vicino alla vetrata.

Mentre scarta il tramezzino si guarda attorno. Al bancone ci sono due tizi in giacca e cravatta. Stanno aspettando che il barista gli riempia i bicchieri di plastica con qualche bevanda calda da portare via. Una donna con gli occhiali sta digitando sui tasti di un notebook nero, seduta a un tavolino appartato. Un uomo magro, in tuta, con i capelli castani che gli arrivano alle spalle, esce dal bagno e si dirige, zoppicando, verso l'uscita. I loro sguardi si incrociano per qualche istante. Curtis inspira profondamente fino a riempirsi i polmoni. Odore di olio. Odore di muffa. Di ambiente chiuso, di vestiti bagnati. Di terriccio.

Vicino alla scansia dell'acqua e delle bevande analcoliche c'è lo sconosciuto che Curtis ha incrociato nello spogliatoio. Davanti a sé ha una tazza di caffè e osserva, oltre la vetrata, due adolescenti che ridono di gusto. Le ragazzine, jeans attillati e t-shirt colorate, hanno capelli blu elettrico, sembrano sorelle.

Curtis mastica il tramezzino. Lo sconosciuto continua ad osservare le ragazzine, ignorando la sua tazza di caffè. Un autobus si ferma, diverse persone si riversano nella strada. Lo zoppo in tuta passa a fianco della coppia di adolescenti e procede claudicando verso il semaforo pedonale. Un ragazzo con un giubbotto di pelle, i pantaloni mimetici e le infradito chiede ai passanti, mimando il gesto, di accendergli la sigaretta che tiene tra le dita. Ignorato da tutti, si mette a frugare dentro il cestino dei rifiuti collocato a sinistra della banchina dei bus. Le adolescenti lo osservano, poi si scambiano un'occhiata disgustata e si mettono a ridacchiare. Lo sconosciuto con le spalle larghe porta la tazza di caffè alle labbra e sorseggia lentamente. Gli occhi fissi all'esterno. Un autobus accosta, si aprono le porte e le due adolescenti salgono. Passa di nuovo lo zoppo. Ha un tabloid sotto il braccio. Lo sconosciuto si alza in piedi, esce dal locale e si allontana, verso sud.

Curtis finisce di mangiare il tramezzino e beve la Coca-Cola. Si chiede se lì intorno ci siano dei poliziotti in borghese.

Quando torna a casa non trova la ragazzina silenziosa ad aspettarlo.

Mette ad asciugare in bagno il costume, la cuffia e l'asciugamano.

Scatta la sveglia. Prende la scatola di latta e, questa volta, inghiotte la pillola.

12
Charlie

Charlie non è andato a scuola. Non avrebbe avuto senso. Ha qualcosa di più importante da fare.

Passa davanti ai ristoranti vietnamiti, ai fast food giamaicani e agli store di alimenti macrobiotici. Costeggia la stazione della Southern Line, svolta per la prima via laterale, si lascia alle spalle il minimarket e sbuca nella silenziosa strada costeggiata dalle case vittoriane. È tutto tranquillo.

Passa dal retro. Trova una grondaia che sembra abbastanza solida. Fa un balzo e inizia ad arrampicarsi. La finestra del bagno è sbloccata, come l'aveva lasciata lui. Solleva con una mano il vetro e, una volta entrato, lo richiude dietro di sé, facendo attenzione a non lasciare tracce.

C'è silenzio. Un silenzio ovattato. Charlie non ha paura.

Entra nella stanza di Elly. È una camera dai muri rosa confetto. Sul letto troneggia un grande coniglio bianco di peluche. Le scaffalature sono piene di pupazzetti di pezza e bambole, e di fianco alla porta c'è il poster di un attore-cantante di una serie TV per ragazzi. È tutto molto ordinato rispetto alla stanza della sorella maggiore.

Su un ripiano ci sono diverse fotografie che ritraggono Elly. Charlie le osserva attentamente. La guarda ridere, fare le boccacce, darsi un'aria da donna matura, fare il segno della vittoria a bordo di una piscina. Ne sceglie una dove è ritratta a mezzo busto, i capelli sciolti, la pelle ancora più chiara che dal vivo, l'espressione seria. Se la mette in tasca.

Poi apre i cassetti. Trova t-shirt, costumi da bagno, pantaloncini, calze, slip bianchi di cotone che si mette ad annusare voracemente. Stringe forte i denti sentendosi avvampare...

Rumori provenienti dal piano di sotto.

Una porta che si apre.

Una voce maschile e poi una voce femminile.

La porta che si richiude.

Charlie rimane immobile per qualche secondo. Poi rimette nel cassetto le mutandine che stava annusando e si nasconde sotto il letto.

Le voci si avvicinano:

– Perché no? A Brighton c'è sempre tua sorella in giro, a casa abbiamo le ragazze... una volta che siamo soli!

– Ti ho già detto che sono stanca, Richard...

– Dormirai dopo... sarai già a letto, non dovrai fare nessuno sforzo...

– Basta che mi fai un massaggio.

– Io sono il re dei massaggi, baby, lo sai.

– Avrei bisogno di un bagno caldo...

– Dopo, dopo...

Una porta si chiude.

Risate attutite.

Charlie approfitta del momento per sgusciare fuori da sotto il letto. Esce dalla stanza e camminando in punta di piedi torna in bagno, apre la finestra e si cala giù dalla grondaia.

Giunto in strada si tira su il cappuccio della felpa e si allontana.

Vicino alla stazione della Southern Line prende un autobus e scende vicino al parco.

Taglia attraverso il boschetto seguendo un sentiero poco battuto.

Un silenzio liquido. Senza stacchi e giunture. Un verde riflesso di perle. Un fiato freddo. Un alito vegetale, decomposto. Il silenzio gli fa crescere dentro un senso tragico. Aspetta con disperata tensione un cinguettio di uccelli, il riverbero lontano di qualche motore ingolfato. Anche il suo cervello è muto. Charlie attende, come quando si svegliava di soprassalto alla notte e, di fianco a lui, Pitt seduto sul letto fischiettava qualche canzone dei Black Deviants. I capelli che gli ricadevano sul viso. Un filo, un briciolo di luce lunare a illuminargli gli occhi incredibilmente misericordiosi e, al contempo, extraterrestri.

La gabbia dello scoiattolo è dove l'ha lasciata. La fetta di mela è ormai marcita. Lo scoiattolo è in fin di vita. Charlie lo osserva e si domanda se anche lui riuscirà a ritornare dalla morte alla vita. Per ora la sopravvivenza della bestiola è nelle sue mani.

Apre la gabbietta, ma lo scoiattolo non ha le forze per uscire. Se ne rimane in un angolo, il pelo arruffato, le corte zampe posteriori che scattano al rallentatore.

Charlie richiude lo sportello:

– È una tua scelta. – Si leva in piedi e fa qualche passo tra gli alberi. Individua un imponente abete. Spezza un ramo con gli aghi appuntiti, profumati. Torna dallo scoiattolo e infila qualche gemma di ramoscello attraverso le sbarre. L'animaletto inizia a cibarsene, a fatica. Charlie si pulisce le mani dalla resina appiccicosa, sfregandole sui fianchi dei pantaloni:

– Ti voglio in forze per quando ti ucciderò.

Cammina fino a casa. Lo sguardo assente. Il vuoto fuori. Il fuoco dentro.

Sua madre è immobile, seduta sul divano sfondato. Ha un occhio nero. La sigaretta le sta bruciando tra le dita. Non lo guarda nemmeno mentre lui si dirige verso la cucina.

– Niente scuola, oggi? – Il patrigno è appoggiato allo stipite della porta che conduce alle camere da letto. Ha il viso arrossato. I capillari rotti. I capelli arruffati. Indossa la t-shirt dei Black Deviants che era stata, un tempo, di Pitt, e che ora porta Charlie, per le grandi occasioni. Il patrigno la sta usando come strofinaccio, ci si pulisce le mani sporche, forse del sangue di sua madre, forse di piscio, forse del grasso della pancetta:

– Ti ho fatto una domanda, ragazzino: non ci vai a scuola? Hai deciso di stare qui a non fare nulla? Perché se è questo il tuo programma potresti andare giù dal fottuto paki del market a prendermi una birra.

Charlie, in altre circostanze, sarebbe filato dritto in camera sua, noncurante dei deliri alcolici del patrigno. Ma oggi è una giornata speciale. Oggi Charlie è entrato abusivamente in una casa. Ha annusato la biancheria intima di Elly. Oggi quell'uomo indossa la t-shirt di Pitt, e la insozza. Charlie è consapevole di essere giunto nel nuovo cerchio del coraggio e della consapevolezza. Non ha più paura. Osserva il patrigno con espressione vuota.

– Perché mi guardi, ragazzino? Schioda immediatamente o vammi a prendere da bere, se non vuoi che ti faccia passare un brutto guaio. Mi hai capito?

Charlie non ha paura, perché Charlie è scampato alla morte:

– Sei solo un alcolizzato, non hai mai lavorato in vita tua, e potendo dormiresti dietro al bancone del pub.

L'uomo sussulta, stupefatto. Si avvicina a Charlie con il pugno alzato:

– Cos'hai detto, bastardo?

Charlie estrae dalla tasca dei pantaloni il coltello a farfalla di Pitt. È la vendetta di entrambi. È la dimostrazione che quello che gli ha insegnato suo fratello lui lo sa eseguire alla perfezione. Come con quei due tipi, dopo il concerto.

Mulina in aria le lame acuminate. "Ci puoi sbucciare le mele o renderlo un artiglio di assoluto annientamento. Farlo diventare il caposaldo del guerriero che è in te". Charlie si esibisce in esercizi di acrobazia, con movimenti fluidi. Fa volare le lame, senza mostrare nessun tipo di esitazione, e senza guardarle mai una volta. Sembrano una sua estensione.

Il patrigno è fermo a un metro da lui. La bocca spalancata per lo stupore.

– Togliti quella maglietta e dammela – gli ordina Charlie.

L'uomo esita.

Charlie smette di far mulinare il coltello e lo impugna per il manico, con le lame rivolte verso il patrigno.

- Va bene, va bene... tieni questa fottuta maglietta... - L'uomo si sfila la t-shirt slabbrata e la lancia a Charlie. - Sei contento ora? Maledetto pazzo...

Charlie guarda la sua pancia gonfia, la pelle flaccida, le sue mani callose, i pori della pelle da dove spuntano disgustosi cespugli neri.

- Hai visto cos'ha fatto? E tu stai lì senza dire niente! Tuo figlio è malato! È uno psicopatico! - ringhia il patrigno in direzione della madre, ancora seduta, immobile, sul divano, a studiare un punto fisso del muro ingiallito. La sigaretta ormai spenta tra le dita.

Charlie gira sui tacchi e percorre il corridoio. La voce dell'uomo si attutisce, e poi tace, quando si richiude la porta della sua camera alle spalle.

Estrae dalla tasca la fotografia che ha rubato. Osserva Elly, la piccola Elly in miniatura. Elly in formato tredici per diciotto. La pelle alabastrina, le eleganti efelidi, le labbra fini schiuse in un'espressione seria, gli occhi inconsapevolmente scabrosi, i lunghi capelli ramati.

Charlie contempla il ritratto.

Le pulsioni non vogliono dargli tregua.

Il coltello a farfalla appoggiato sul materasso, di fianco a lui. A portata di mano.

13
Curtis

Curtis osserva un gruppo di ragazzine con gonne corte e leggings elasticizzati correre dentro la scuola. Aspetta che siano scomparse oltre il portone e poi si incammina. Anche oggi è uscito di casa in anticipo ed è sceso dall'autobus prima della sua destinazione.

Il manifesto con la foto della ragazzina scomparsa, che era stato appeso a un palo della luce, è stato rimosso. Calpestato da decine di scarpe, strappato e impregnato dell'acqua di una pozzanghera. Rimasuglio del temporale della notte.

Curtis, con il capo leggermente rivolto all'insù, annusa profondamente l'aria, fino a riempirsi i polmoni. Percepisce un'ombra oscura, odore di morte. Paura.

La sveglia suona, e lui ingoia la pastiglia mentre costeggia un parco e si dirige al magazzino.

I libri da scannerizzare sembrano non finire mai.

Il solito silenzio impalpabile con i colleghi.

Il solito cenno di saluto con il fattorino che trasporta le ceste destinate al macero.

La solita strada, fino alla grande casa.

Il braccio allungato.

Il sensore a contatto con la sua pelle.

La donna dai capelli grigi che osserva attentamente il monitor del PC dove compaiono i valori del sangue che il lettore ha registrato:

– Hai saltato?

Curtis parla lentamente, come se avesse il timore che qualcuna delle sue parole non possa essere recepita:

– L'altra sera... ho mangiato qualcosa che mi ha fatto male, e ho vomitato.

L'anziana donna lo scruta attentamente, la bocca piegata in una smorfia di disapprovazione:

– Che non succeda più.

Una volta giunto alla banchina del bus Curtis sale su un numero diverso da quello che di solito lo riporta a casa. Scende davanti all'edificio moderno della piscina comunale.

Rimane seduto alla fermata. Davanti al bar dove ha mangiato l'ultima volta che è andato a nuotare.

I pedoni si susseguono. C'è chi sta tornando dal lavoro, l'andatura stanca e la valigetta ventiquattrore che ciondola. Ci sono perdigiorno che chiacchierano. Curtis vede il ragazzo con il giubbotto di pelle e le ciabatte infradito rovistare dentro un cestino dei rifiuti sull'altro lato della strada. Lo segue con lo sguardo quando questo si sposta verso un minimarket sulla cui facciata troneggia l'insegna "Open 24hrs". Il giovane barbone blatera qualcosa rivolto ai bancali di frutta esposti sul marciapiede. Si allontana traballando.

Un tipo di colore con enormi cuffie sulle orecchie canta a squarciagola una canzone rappata. Un taxi rischia di mettere sotto una donna che sta attraversando sulle strisce pedonali spingendo un passeggino...

Il tempo passa. Curtis guarda chi entra e chi esce dal minimarket. Guarda l'entrata della piscina. Inspira a pieni polmoni. Il cielo diventa rosso fuoco e incendia le facciate dei palazzi: è il preavviso dell'imbrunire. Cala un'ombra, sempre più scura. La sera. Le stelle in cielo. La sveglia del vecchio Casio suona. Curtis continua a studiare la situazione intorno a lui.

Uomini e donne, sconosciuti. Lo zoppo, in tuta, che entra nel minimarket ed esce poco dopo con un sacchetto di carta. Si trascina la gamba offesa lungo il marciapiede. Gira leggermente il capo, attratto dagli schiamazzi che fanno tre ragazze, sui tredici o quattordici anni, appena uscite dalla piscina. Se ne stanno davanti al portone a vetri a scherzare.

– Mi scusi, signore. Sa se l'autobus numero 67 è già passato? – È la voce di una donna, probabilmente non giovanissima. Curtis non si volta a guardarla, troppo interessato allo zoppo, che diventa una figura sempre più esile e distante nell'oscurità, a un uomo con una camicia bianca semi sbottonata, che sta parlando al cellulare a qualche metro dalle tre giovani amiche e, soprattutto, a loro. Un terzetto sportivo. Fuseaux attillati, scarpe da basket, felpe scure, zainetti. Hanno fisici atletici e sembrano incuranti del potenziale pericolo del quartiere. Un quartiere tranquillo, benestante, diventato improvvisamente minaccioso da quando quella tredicenne è scomparsa.

– Non lo so... – Curtis non sente ribattere alle sue spalle, probabilmente la donna che gli ha rivolto la domanda sul 67 se n'è andata.

Si intravede la silhouette di un dipendente in t-shirt bianca dietro il vetro della porta della piscina. Poi le luci all'interno si spengono. Il dipendente esce, traffica con qualcosa, probabilmente le chiavi, controlla che il battente sia chiuso e se ne va a piedi. Curtis lo vede salutare con la mano il terzetto delle ragazze. Queste rispondono al saluto.

Curtis si alza dalla panchina e inizia a camminare.

Attraversa il passaggio pedonale.

Le tre giovani decidono di muoversi.

Curtis le segue tenendosi a distanza.

Dopo pochi passi un clacson echeggia nella sera. È quello di un'auto parcheggiata all'angolo della via. A bordo c'è un uomo ben vestito.

– È mio padre, ci vediamo domani... – dice una delle ragazze. Bacia sulle guance le amiche, raggiunge la macchina, apre lo sportello e si siede accanto all'uomo.

Le altre proseguono per una strada alberata.

C'è poca gente in giro. Le fronde dei frassini coprono provvisoriamente il bagliore dei lampioni, che proiettano ombre smozzicate sul selciato.

Davanti a una casa di mattoni vivi, con un patio coperto di piante rampicanti, le amiche replicano il rituale del bacio sulla guancia e una delle due si avvia per il sentiero che conduce all'abitazione.

Sono rimasti Curtis e una sola ragazza. I capelli lisci e scarlatti, il fisico acerbo che sta esplodendo in qualcosa di più strutturato, fasciato dentro i fuseaux neri aderentissimi. La camminata rapida e sbarazzina.

Non ci sono macchine.

Non ci sono altri pedoni.

La ragazza davanti e Curtis dietro, giungono a un incrocio. Qui il traffico veicolare si fa più attivo. Sul marciapiede opposto ci sono un ristorante indiano e una lavanderia a gettoni, sul lato su cui stanno camminando loro c'è un negozio di dischi.

Curtis accelera il passo. Troppo rumore intorno. Troppi suoni. Si sente come se la situazione potesse sfuggirgli di mano da un momento all'altro. Il suo sguardo assente focalizzato sulla schiena della ragazza. Sulle sue gambe snelle.

Vede che alza una mano.

Alla loro destra c'è un caffè. Una giovane di colore seduta a un tavolino con altri due tipi con i dreadlocks sta salutando la ragazzina che passa. Probabilmente amiche, compagne di scuola, anche se quella davanti al caffè dà l'impressione di essere più grande.

La ragazzina si ferma a chiacchierare.

Curtis tira dritto, cammina per una cinquantina di metri e si apposta all'angolo della via, all'imbocco di una strada secondaria costeggiata da palazzine vittoriane, candide e ben tenute, con biciclette parcheggiate ordinatamente nelle rastrelliere e alti alberi dai rami fluenti.

La ragazzina dai lunghi capelli scarlatti ride, di fronte all'amica seduta, che gesticola teatralmente.

Al primo piano di una casa dai muri pitturati a calce bianca c'è un uomo, in canottiera, incorniciato da un'ampia finestra. Fuma una sigaretta e sta guardando Curtis.

È troppo rischioso. Curtis sente su di sé occhi sospettosi, seppur sia buio e l'uomo non possa realmente capire cosa stia facendo lì, all'imbocco della via.

Curtis decide di andarsene.

Si mette le mani in tasca, fa dietro front, passa davanti al caffè tenendo lo sguardo fisso sui suoi piedi e scompare nell'oscurità, in cerca di un autobus che lo riporti a casa.

14
Charlie

Charlie è uno degli ultimi a uscire da scuola.

La vede. Ferma a braccia conserte, un po' distante dai capannelli di ragazzi e ragazze che si attardano, chiacchierando, prima di prendere la strada di casa.

Le va incontro con le mani in tasca.

Si ferma davanti a lei e aspetta.

Lilith gli sorride in modo imbarazzato:

– Ciao.

– Ciao. – Charlie attende la sentenza.

– Tutto bene?

– Sì... cosa ci fai qui?

– Oggi le lezioni sono terminate prima, mi ricordavo di quando mi hai detto quale scuola frequentassi, e sono venuta a trovarti.

Charlie non sa che dire.

– Volevo parlarti... – Lilith fa una pausa, si scosta una ciocca di capelli dalla guancia e li sistema dietro l'orecchio. – Mi scuso per come mi sono comportata l'altro giorno... mi ero un po' spaventata. Poi ho pensato che non ho nulla da temere, sei un bravo ragazzo, ci tengo a te... – Aspetta che lui ribatta qualcosa, ma lui rimane muto. Lilith sorride, mostrando i denti bianchi, piccoli e lineari. – Lo so che faccio un certo effetto sugli uomini.

Charlie la contempla senza dire nulla.

– Dai, sto scherzando! – Lilith guarda l'ora sul display del cellulare. – Io adesso devo andare. Se non hai nulla da fare puoi venire a casa con me. I miei genitori sono al lavoro e mia sorella nel pomeriggio va in piscina: deve allenarsi per una gara importante che farà la settimana prossima.

Charlie pensa a Elly. All'odore dolce e fresco della sua biancheria. All'espressione maliziosa immortalata sulla fotografia che ha rubato:

– Okay.

Salgono su un autobus e si siedono in fondo. Lilith gli prende la mano e gliela accarezza. Ha dita calde. Charlie si sente a disagio, ma prova a reagire. Impacciato le dà un bacio sulle labbra. Lei sembra soddisfatta, appoggia la testa sulla sua spalla. Si lasciano cullare dai sobbalzi delle ruote a contatto con i lievi dislivelli della strada.

Scendono davanti alla stazione. Camminano uno di fianco all'altra fino alla casa di lei.

Quando entrano Charlie avverte una strana eccitazione: varcare di nuovo quella soglia, dopo averla violata, lo fa sentire inebriato.

Lilith gli avvolge le mani dietro la schiena e avvicina il viso.

Si baciano lì, nell'ingresso con la moquette verde che sembra un tranquillo prato di campagna. Di fianco allo specchio con le fotografie. Lilith seduta sulla poltroncina. La madre che prepara la torta. Il padre che compete per una corsa campestre. Il primo piano di Elly, che li guarda con la sua faccia incoscientemente provocante.

Lilith prende Charlie per mano e salgono le scale.

Stanno per entrare nella stanza della ragazza quando lui la ferma:

– Facciamolo sul letto di tua sorella.

Lilith forse vorrebbe ribattere qualcosa a quella richiesta inusuale, ma Charlie ha abbassato la mano, fino a infilarla dentro i jeans di lei. La sente sospirare. Sente le dita che si ricoprono di liquido appiccicoso.

– Sì... facciamolo nella camera di quella stronzetta... – Lilith si mordicchia le labbra. Mugugna. – Vieni.

Di nuovo la camera con i muri rosa confetto. I pupazzetti di pezza e le bambole. Il poster del teenager famoso. I cassetti che contengono i tesori intimi di Elly.

Lilith butta giù dal letto il coniglio bianco di peluche. Si leva in fretta e furia le scarpe, le calze e i vestiti. Rimane lì, distesa, nuda, con le gambe leggermente divaricate.

Charlie vede sfocato. Lilith regredisce. È un'altra ragazza, una ragazza più piccola, con più lentiggini, i capelli di fuoco. Una ragazza che lo supplica di farla sua.

Si slaccia i pantaloni e se li abbassa insieme alle mutande.

L'avvolge in un abbraccio. La penetra lentamente, tenendo gli occhi serrati. Non cerca di stringerle i polsi. Non cerca di forzare la presa su di lei. È sul letto di Elly e sotto di lui c'è un corpo...

Il campanello all'ingresso suona.

Charlie e Lilith si fermano, in ascolto.

Il rumore di una chiave che gira nella serratura.

– Angelita! – esclama Lilith, mettendosi una mano davanti alla bocca.

Charlie non capisce.

– Angelita, la donna delle pulizie... me n'ero dimenticata. Mia madre le ha lasciato le chiavi di casa... – Spinge Charlie di lato e si riveste velocemente. – Dammi una mano a rifare il letto, sbrigati!

Riordinano alla meglio le coperte ed escono dalla stanza. La donna sta salendo pesantemente le scale. È una sudamericana dai tratti marcatamente andini in tuta e scarpe da ginnastica.

– Ciao Angelita.

– Buongiorno, Lilith. Sei sola a casa?

– Sì, Elly è andata in piscina direttamente dalla scuola. Lui è Charlie, un mio... amico.

La donna lo guarda inespressiva, si esibisce in un tiepido sorriso:

– Piacere... sarà meglio che mi metta al lavoro. – Così dicendo prosegue lungo il corridoio fino al ripostiglio, da dove tira fuori un'ingombrante aspirapolvere.

– Andiamo in camera – dice Lilith. – Ascoltiamo un po' di musica.

Una volta dentro Charlie rimane in piedi, vicino alla finestra. Lilith mette su un CD dei Black Deviants e va a sedersi sul letto. Si mangiucchia le pellicine intorno alle unghie della mano:

– Certo che siamo proprio sfortunati... scusami... se vuoi possiamo riprendere da dove siamo stati interrotti...

Charlie non la ascolta, guarda la strada tranquilla. Le rastrelliere per le biciclette. Un uomo fermo a fumare appoggiato a un albero. Un rapper che cammina ciondolando. Bambini che corrono con ancora addosso le divise della scuola.

Il rumore dell'aspirapolvere acceso distorce i suoni della musica dei Black Deviants. Copre i suoni nel cranio di Charlie:

– Devo andare.

Lilith sembra stupita:

– Dove?

– Mia madre, ho una commissione da sbrigare...

La ragazza non sembra molto convinta della giustificazione, ma si stringe nelle spalle:

– Ci vediamo domani, dopo la scuola?

– Sì.

– Facciamo alle cinque davanti alla stazione e andiamo a fare un giro?

– Va bene. – Charlie capisce che Lilith si aspetta qualcosa da lui. Si avvicina e le dà un bacio, cercando di essere il più convincente possibile.

Esce dalla stanza.

Scende le scale.

È in strada.

Pulsioni.

Pulsioni che vorticano.

Si è acceso.

Apre e chiude le mani.

Sente la bramosia salire e annebbiargli la ragione.

È animale, è istinto: accoppiarsi sul letto di Elly gli ha dato una percezione di quasi reale che lo ha scosso e allo stesso tempo spaventato, perché sa che è un impulso sbagliato, ma al contempo sa che non può più frenarlo.

Cammina spedito.

Attraversa la strada.

Sorpassa i ristoranti etnici, i cafè, i negozi di dischi, le lavanderie a gettoni, i market, i negozi di abbigliamento, gli *store* macrobiotici.

Sorpassa la stazione.

Vede un parcheggio pubblico, non custodito.

Entra.

Nessuno. Lui, lui solo, e decine di gomme e di ferro. Schizzi di riflessi di sole sulle carrozzerie.

Si avvicina a un'utilitaria rossa.

Estrae il coltello a farfalla.

Forzare la serratura è facile.

Si siede nell'abitacolo e fa ponte con i cavi dell'accensione, come gli ha insegnato Pitt usando come cavia la vecchia Mini-Minor prima che la batteria l'abbandonasse del tutto. Un altro dei trucchetti che suo fratello gli ha svelato quando è uscito dal coma.

Il coma... il risveglio... il nuovo corso.

Charlie ha superato la morte e ora non c'è più nulla che possa spaventarlo. Né il dolore fisico né il dolore psicologico.

Il motore si accende.

Charlie guida con circospezione, lo sguardo vigile.

È facile trovare la piscina, non ce ne sono molte in quella zona.

È un edificio moderno. Con la facciata in vetro.

Parcheggia la macchina davanti a un market aperto 24 ore, come recita l'insegna.

Entra e acquista tre sacchetti di Hot Chips e una bottiglia di Coca-Cola.

Paga.

Torna in strada con il sacchetto di carta e si avvicina alla piscina.

Non deve attendere molto. Elly, in tuta nera e zainetto colorato sulle spalle, esce sola dal portone e si incammina nella sua direzione.

Per un attimo nella testa di Charlie tutto smette di ronzare e diventa nero. Nell'oscurità spettri di luce danzano come ricordi, intrappolati sul fondo dei suoi occhi. Vede Pitt, con i capelli lunghi, nella loro stanza, che gli sta parlando. Vede la fiamma dell'accendino Zippo sotto i barattoli contenenti le lucertole. Vede lo scoiattolo che non vuole vivere, stanco di combattere. Vede Elly, nella foto. Elly che lo guarda con un'espressione incuriosita:

– Tu non sei l'amico di mia sorella? – Quella voce acuta, innocente, ingenua.

– Sì.

– Sei venuto a nuotare?

– No, mi ha chiesto Lilith di venirti a prendere... ho appuntamento con lei a casa vostra.

– Sei a piedi?

– In macchina.

– Non sei un po' piccolo per guidare? – Charlie si sente avvampare, quel metterlo alla prova lo accende, gli fa esplodere le pulsioni in una serie di detonazioni che gli danno scosse in tutto il corpo. Osserva le efelidi sul volto di Elly che si muovono con il suo respiro:

- Ho la patente da poco. - Ricordandosi di quello che tiene in mano, apre il sacchetto e le allunga un pacchetto di Hot Chips. - Tieni, so che ti piacciono.

- Grazie...

- Andiamo?

Elly apre il pacchetto di patatine e se ne infila una in bocca. Charlie contempla la porzione di lingua, per un solo istante. Lei guarda la strada:

- Mi sa che dovrò venire con te. L'autobus è appena passato.

Charlie si sente salire il cuore in gola. È nervoso ed eccitato. È vivo.

Nel tempo che Elly impiega a fare il giro dell'auto, lui fa ponte con i cavi dell'accensione e il motore si attiva.

Elly si siede di fianco a lui.

Partono.

Charlie si inebria dell'odore del cloro che le è rimasto sulla pelle, sui suoi lunghi capelli ramati.

La sente sgranocchiare rumorosamente.

Con la coda dell'occhio vede le punte del suo pollice e del suo indice scomparirle in bocca insieme a pezzi di patatine:

- È una gara importante quella che stai preparando?

- Sì...

- Che stile pratichi?

- Rana.

Charlie se la immagina nell'acqua. Le lunghe e snelle gambe che si flettono e si piegano. Gli tornano alla mente i suoi graziosi piedi nudi.

– A te piace nuotare? – domanda Elly, con la bocca piena.

– Sì, ma non sono bravo.

– Guidi bene, però... è la prima volta che salgo in auto con un amico di mia sorella...

– Grazie.

– Ma perché hai svoltato di qui? Io abito dall'altra parte...

– ...

15
Curtis

Curtis esce di casa, così come l'ha trovata la sera precedente, quando è rientrato: vuota.

Sembra che la ragazza solitaria sia migrata verso nuovi lidi, o forse le è successo qualcosa.

Lascia le chiavi sul tavolo. Lo scrigno color panna con la farfalla stilizzata sul coperchio, che la donna dietro lo sportello ha dato a Curtis, è aperto e vuoto, sul materasso.

Curtis non ha preso la pillola del mattino e non ha preso quella del pomeriggio.

Non è andato a lavorare.

Ha passato la notte senza dormire. Guardando la televisione accesa. Le strisce grigie che ballavano nel piccolo schermo.

Rimane tutto il giorno nei pressi della piscina. Ignorando la sua routine quotidiana.

Sensazioni. Sente delle forti sensazioni dentro di lui. E deve decifrarle.

Inspira profondamente. Nell'aria l'odore dell'angoscia. L'odore del sangue. L'odore della paura.

Si siede sulla panchina alla fermata dell'autobus.

Mangia un panino al bar.

Cammina avanti e indietro, dal market aperto 24 ore fino all'incrocio con la strada alberata.

Osserva donne e uomini.

Osserva chi entra ed esce dalla piscina.

Si riposa gli occhi, ogni tanto, abbassando lo sguardo e cercando una consolazione nell'erba che cresce nelle crepe dell'asfalto.

Pensa alle cornacchie sui fili del telefono. Ai rifiuti tossici abbandonati nei parchi cittadini. Ai barboni che rovistano nell'immondizia.

Pensa alla ragazzina scomparsa. Andata a nuotare e mai più tornata a casa.

Alza lo sguardo al cielo e annusa l'aria. Sente l'odore forte e acre dell'eccitazione animale.

Si incammina verso il market.

Focalizza un'adolescente magra, in tuta e con uno zainetto sulle spalle, salire su un'utilitaria con un ragazzo che porta in grembo un sacchetto della spesa. Li intravvede oltre il lunotto posteriore che si baciano e scherzano. Poi la macchina parte, si immette nel traffico.

Lo zoppo, che Curtis incrocia spesso nei paraggi, è appena uscito dal market e segue con lo sguardo l'utilitaria che si allontana.

Curtis lo osserva: indossa la solita tuta verde, i capelli castani, unticci, che gli cadono sulle spalle.

Le sensazioni si stanno mischiando con intuizioni sempre più forti che gli plasmano il cervello. Curtis è costretto a inspirare ed espirare profondamente. L'odore selvaggio dell'eccitazione è sempre più acuto.

Segue lo zoppo.

L'uomo percorre, con il suo passo claudicante, una strada residenziale. Taglia per un'area dismessa ed entra in un parcheggio.

Curtis cerca di spremersi l'aria dai polmoni, come se avesse un peso enorme che gli schiaccia il petto. Sputa fuori la sua anima cattiva, e con essa le pulsioni avvelenate.

Lo zoppo si avvicina a un furgone marrone con il logo di una ditta di lavanderie per alberghi sulle fiancate. Sente dei passi dietro di sé, sulla ghiaia.

Si ferma e anche i passi si fermano.

Si volta e Curtis è lì, di fronte a lui.

– Dove tieni rinchiusa la ragazza?

Lo zoppo mostra una fila di denti marci:

– Chi cazzo sei? Vaffanculo! – Armeggia nella tasca dei pantaloni, in cerca delle chiavi. È nervoso.

Curtis estrae dai jeans il coltello a farfalla, rimasto custodito, fino al mattino, nello scrigno color panna. Sente le scanalature sotto i polpastrelli, una sensazione familiare. La lama diventa una sua estensione naturale. Non ha esitazioni, non ha paura.

Si avvicina allo zoppo con un'evoluzione e gli appoggia la lama alla gola con una leggera pressione sull'arteria pulsante:

– Dove tieni rinchiusa la ragazza? Non te lo chiederò una seconda volta. – I suoi occhi sono inespressivi, vuoti.

L'uomo ha paura, la voce trema:

– Ti prego, non farmi male... te lo dico, te lo dico, cazzo... in cantina, non uccidermi...

– In cantina dove?

– Cazzo... cazzo...

– Dove?

– Dumbarton Road... al numero 89... cazzo...

Curtis fa roteare le lame.

Lo zoppo cade a terra, in ginocchio. Il sangue sprizza dalla carotide tagliata.

Curtis lo guarda afflosciarsi come un sacco vuoto. Guarda la pozza rossa che gli si forma intorno alla testa e al collo. Il carminio luccicante che si mischia con la ghiaia.

Pulisce il coltello sulla tuta dell'uomo e torna verso la fermata del bus.

Prima di salire su un veicolo entra in una cabina telefonica e fa una chiamata.

Poi attende...

L'autobus frena.

Le porte si aprono.

Sale ed esegue l'operazione del passaggio della tessera magnetica sul lettore giallo di fianco alla cabina dell'autista.

Biip. Verde.

Si aggrappa a un palo e guarda a terra.

Un percorso lungo.

Ascolta le porte che si aprono e si chiudono...

Pigia il pulsante di chiamata.

L'autobus frena.

Curtis rivolge lo sguardo verso i sedili posteriori e la vede: la ragazza silenziosa. I loro sguardi si soffermano in un saluto inespresso.

Le porte si aprono.

Curtis scende.

Il minimarket con le bancarelle sulla strada. Il negozio di vestiti africani. Il pub Great Eagle. Il piccolo parco pubblico. Il gasometro...

Entra nella villa con i muri di mattoni gialli e gli alti camini.

Va dritto dall'anziana dai capelli grigi seduta dietro lo sportello. Lei lo osserva con aria gelida:

– Avvicinati e appoggia lì il pollice.

Curtis mette il dito sul lettore di impronte digitali. Estrae dalla tasca dei jeans il coltello a farfalla e lo deposita sul bancone.

– Stanza numero 3 – dice la donna, senza degnarlo di un'occhiata, interessata al monitor del suo PC.

Curtis si incammina a passi lenti verso il vano a sinistra.

Nell'anticamera dai muri rosa non c'è nessuno, poi la porta della stanza numero 3 si apre e compare una donna in tailleur antracite, dalla corporatura minuta e con occhiali dalla montatura spessa. Ha il volto segnato da profonde rughe, alcuni fili bianchi spiccano sulla chioma corvina, sul petto una targhetta con impresso il nome C. Matthew.

Lui la guarda con il suo volto impassibile e si fa condurre dalla sua piccola e rassicurante mano sulla schiena dentro la stanza, che in realtà è un lungo corridoio bianco con le luci al neon.

– Sono fiera di te, Curtis, ora puoi tornare a casa.

16
Charlie

Charlie è in una stanza completamente bianca. Immobile.

È seduto per terra, appoggiato al muro.

Indossa una camicia di forza e ha la barba lunga.

Non sa da quanto tempo sia chiuso lì, in quel mondo di neve e latte.

La dottoressa Matthew lo osserva dalla telecamera. Il suo volto è levigato, la pelle luminosa. In mano ha un fascicolo.

Un uomo in camice bianco, stempiato, dalla carnagione scura, si avvicina a lei:

– Cosa gliene pare?

– Mi sono fatta un'idea, ma vorrei conoscere la sua opinione, dottore.

L'uomo guarda Charlie nella telecamera e fa un sospiro:

– Curtis "Charlie" Wallace. Arrestato due anni fa per rapimento, torture e omicidio di diverse minorenni. La sua fissazione erano i capelli rossi. La sua prima vittima è stata Elly Bratford, la sorella minore della sua ragazza. È stata ritrovata nel boschetto di Lloyd Park, senza vestiti. Violentata, torturata per ore e infine strangolata. Sul corpo sono state trovate profonde incisioni. La sorella maggiore dopo l'accaduto è caduta in depressione e si è suicidata l'anno successivo. È stato dichiarato instabile di mente e destinato a scontare otto ergastoli in un ospedale psichiatrico. Da quando lo abbiamo in cura, io personalmente non ho visto segni di miglioramento nella sua condizione.

– Perché "Charlie"?

– Pare sia il nomignolo che gli aveva dato il fratello: Charlie, da Charlie Brown, il personaggio dei fumetti, per via del suo carattere mansueto, goffo e introverso.

– E il fratello?

– Pitt Wallace. Più grande di lui di cinque anni. È morto in Iraq, molto tempo fa, quando Curtis aveva ancora diciassette anni. Riteniamo che Pitt abusasse di lui.

– Che altro può dirmi, dottore?

– Che Curtis è uno squilibrato anaffettivo, sociopatico e psicotico. Le ha viste nel fascicolo le fotografie delle sue vittime? È arrivato a dei livelli di abominio e violenza che non credo ci sia molto da aggiungere sulla sua personalità. Quelle istantanee dicono tutto. Erano ragazzine di tredici, massimo quattordici anni... lo teniamo sedato e in isolamento, è l'unico modo per non rischiare che ferisca gli infermieri quando gli portano il cibo o lo lavano. L'anno scorso ha dato una testata a un inserviente e gli ha procurato una commozione celebrale. Vaneggia sulla presenza, nella stanza insieme a lui, di una ragazzina adolescente, una vagabonda, con cui comunica a gesti.

– Che cosa gli state somministrando?

– Antidepressivi, ipno-inducenti... bombe di psicofarmaci che stenderebbero un rinoceronte. Senta, dottoressa, voglio essere franco con lei: non riesco a capire perché il governo possa essere interessato a uno come Curtis. Non ha speranze, mi creda, le abbiamo provate tutte...

Lei alza una mano per chiedere silenzio. Osserva Curtis attraverso lo schermo della telecamera. Un uomo rannicchiato in un micro cosmo di neve e latte. Lui alza lo sguardo verso la telecamera, i loro occhi, filtrati dalla lente, si incontrano:

– Lo voglio nel programma.

Questo libro è nato come una sfida. Qualche mese fa, poco prima di Natale, Massimo Di Gruso, il mio editore, e Lorenzo Mazzoni, il curatore del service editoriale ThinkABook, attraverso il quale ho sviluppato le idee che poi sono diventate i miei primi due romanzi, mi hanno telefonato dicendomi che si sarebbero incontrati a Londra per motivi lavorativi e che gli avrebbe fatto piacere invitarmi a cena. Ho accettato e ho scelto io il locale, un ristorantino bengalese dove preparano il miglior Chingri Malai curry di tutta l'Inghilterra, a due passi da Brick Lane, dove vivo.

Pensavo che volessero vedermi per scambiarci i classici auguri natalizi e di buon anno, invece mi hanno fatto una proposta che mi ha lasciato di stucco. La proposta era di scrivere il romanzo che avete appena finito di leggere.

C'erano dei paletti. Questa la difficoltà iniziale. Massimo aveva in testa una scaletta ed era convinto che io fossi la persona giusta per svilupparla. Gli sono molto grata per la grande fiducia che ha riposto in me, così come lo sono nei confronti di Lorenzo che ha letto e riletto le varie stesure della storia e mi ha dispensato di consigli preziosi, oltre ad avermi sgridato in più occasioni per la troppa umanità (o troppo poca, a seconda dei punti di vista) che stavo dando ai personaggi.

È stata una grande scommessa da parte loro ed è stato bello mettermi in discussione, lavorare su un *plot* narrativo che inizialmente non sentivo mio, poiché le trame dei miei precedenti romanzi, così come di quelli che ho abbozzato, sono totalmente differenti da questo viaggio drammatico nella psiche di una persona disturbata.

Spero comunque di aver tratteggiato in modo coerente la psicologia di Curtis Wallace, e soprattutto spero che ai lettori la storia sia piaciuta, e che gli abbia lasciato qualcosa.

Febbraio 2017
Bilkis Saba

Stampato per Koi Press da CreateSpace.com